From the God

나는 메시아다

하늘에 이르는 길

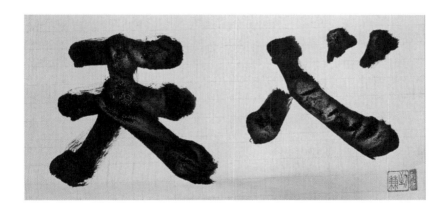

나는 메시아다

펴 낸 날   2024년 2월 15일

지 은 이   문이당
펴 낸 곳   순천출판사
출판등록   제504-2024-000001호
주   소   포항시 북구 양덕로 44번길 16
연 락 처   sunsin3333@nate.com

문이당 자전 에세이

나는

메시아다

하늘에 이르는 길

하늘의 이치대로 인간들이 살기를 바라는 마음,
그것을 위한 메시지

순천출판사

하늘의 말씀

Word of Heaven

하늘에 이르려면 하늘의 마음을 가져야 하는 법,
그것이 하늘의 말씀이다.

　　　　이 길을 걷고 있는 나의 마음은 몹시 무겁다. 어쩌면
세상 80억이 넘는 인간들 가운데 나의 편은 단 한 명도 없지만 적
은 60억 명은 될 것이다. 나의 편이 없다는 것은 인간들이 하늘을
제대로 알지 못하기 때문이고 종교를 가진 모든 이들은 아마도 나
의 적이기에 최소한 60억 명은 넘지 않겠나?

　나는 앞으로 인간들에게 천지개벽의 세상을 열 것이다. 그동안
그들이 알고 믿고 따르던 모든 것들이 허구라는 것을 밝히고 증명
할 것이다. 그것이 내가 하늘에서 세상에 온 목적이다. 이미 온 우
주가 그 문을 열었으나 인간들은 깨닫지 못한다. 안타깝게도 인
간들이 만들어놓은 삶의 이치가 하늘의 순리에서 벗어난 지 너무

나 오래되었다.

이제 그것을 바로잡을 것이다. 나는 메시아다. 인간들이 무지와 욕심 속에서 만들어 낸 어지러운 세상의 질서를 올바른 하늘의 가르침이 살아 움직이는 곳으로 변화시키기 위해 하늘에서 내려온 존재다. 세상에 온 목적과 소명을 망각한 채 살아가는 인간들의 모습을 바라보며 앞으로 그들을 위해 하늘의 참된 가르침을 전하고자 한다.

이 글은 내가 어떤 존재이며 소명이 무엇인지를 알아가는 지난 6년간의 여정을 담은 블로그 글을 바탕으로 모든 공부를 마치고 세상에 나아가면서 개인적으로는 인간의 삶을 그치고 난 후 깨달음의 글을 덧붙인 것이다.

책을 펴내며

prologue

　　　　　이제 큰 변혁의 시기인 2024년이다. 이미 2019년 12월 24일로 인간들의 세상이 마무리되었고 25일부터 하늘에서 신들이 내려오기 시작했다. 그래서 26일은 새로운 세상이 열린 날이다. 그렇게 신과 인간들이 함께 하는 세상이 열린 지 벌써 4년이 지났다.

　그 속에서 코로나로 인해 온 세상이 고통을 받았다. 내가 이 책을 쓰게 되면서 다시 블로그의 글을 읽어보니 지난 6년간의 시간들이 무덤덤하게 지나간다.

　나는 평소에 예전에 썼던 글을 안 읽는다. 읽다 보면 지나온 시간의 힘겨웠던 고통이 떠올라서 아예 읽지 않는다. 그러나 이제 모든 것을 마무리 짓고 다시 읽어보니 편안하고 무감각하다. 이미 지나간 것은 그 자체로 존재할 뿐이니 과거의 시간으로 현재의 나를 힘들게 할 필요가 없음을 알기에 그저 그랬을 뿐이다. 다만 내가 이 길을 가게 된 과정을 조금은 밝혀야 할 것 같고 나의 글도 시간이 지나감에 따라서 많은 변화가 있다.

　그 이유를 말하고자 한다. 16세 이후로 줄곧 종교에 심취해 있어서 관련 서적을 많이 읽었고 그 이후에도 구도가 나의 숙명인 줄 알았다. 그래서 30대 초반에는 계룡산에 도량에서 구도 정진을 하기도 했다.

　그때 어느 겨울날 밤, 기도를 하던 중 하늘에서 9라는 숫자 쇼를 보여주었는데 그것은 내가 평생 보았던 가장 큰 기적이었다. 그때 기도를 같이 하던 선생님께서 "하늘에서 나를 9천 세계로 인도하신다." 말씀하셔서 나는 그런 줄만 알았다. 그저 9천 상제가 되는 것이 내가 오를 수 있는 최고 단계라고 생각했다.

　그러나 나는 살아오면서 내가 항상 남들과 조금은 다른 걸 알고 있었다. 항상 길을 가면서 사람들을 보면 가슴이 아팠다. 사람들의 찌든 얼굴에 나타난 상처가 그대로 느껴져서 그들의 고통이 언제나 내게 큰 숙제처럼 남아 있었다. 그래서 나는 신을 믿지 않았다. 신이 존재한다면 반드시 인간의 고통의 근원을 해결해줘야 한다고 생각했고 그것이 안 되면 고통의 원인이라도 알려줘야 한다고 믿었기에 신을 부정했었다.

　그런 생각을 갖고 살아서인지 자연스럽게 구도에 목말라 있었고 스승을 찾아 헤맸지만 그 어디에도 스승이라고 부를수 있는 존재가 없었다. 그래서인지 미안하게도 내게는 세상 모든 사람들이 전부 아래로 보였다. 지위고하를 막론하고 모두 측은지심의 대상 그 이상도 이하도 아니었다

그러다가 우연히 백곰 2마리 꿈을 꾼 날 만난 분을 통해 울산의 한 스님을 만나게 되었다. 그런데 그분이 나를 알아보시고는 신굿을 제안하셨는데 나는 흔쾌히 받아들였다. 평생토록 인간을 구하고 싶었지만 방법이 없었는데 신과 하나가 된다면 마치 내게 힘이 생기는 줄 알았고 주저 없이 평생 직장을 그만두고 굿을 하게 되었다.

그러나 신굿을 하면서 신어머니와 같은 스님께서 "내가 우리나라에서 최고인 줄 알았는데 오늘은 제자한테 큰절을 하겠다." 하시면서 굿 도중에 나한테 3배를 올리는 게 아닌가? 주변의 여러 보살들이 만류하는데도 불구하고….

그러더니 나를 보고 이제 원더우먼이 되었다고 하시면서 부적도 큰 붓으로 글자를 쓰고 아픈 사람은 만지기만 하면 낫는다고 하셨다. 그야말로 못 하는 게 없는 존재가 된 셈이었다.

그러면서 굿을 하는데 신들이 나한테 인공위성을 타고 날아온다는 말씀을 하셔서 뜬금없다는 생각을 했다. 그러나 그 이유는 몇 년이 지나서야 알게 되었다.

그렇게 신굿을 하였으나 스님은 내게 여느 무속인들이 하는 산과 바다를 다니면서 치성을 올리는 일도 하게 하지 않으셨고 나를 감당하기 어려워했다. 당시에 스님은 주로 회장이나 사장들을 상대로 굿을 하셨고 비용도 천만 원 단위가 넘었었다. 그러던 중 나에게 굿에 참석하라는 연락을 하셔서 그렇게 해야 하는 줄 알았더니 어느 날 내 꿈에 나는 큰 대궐 같은 집 문으로 들어갔는데 따라오던 여자는 "너는 좀 맞아야겠다." 하는 소리가 들리더니 볼기

짝에 곤장을 맞는 게 아닌가. 나는 그 여자가 스님인 걸 알아차렸다. 그리고는 스님과 전화 통화를 몇 번 했을 뿐 아예 나한테 연락을 끊으셨고 들리는 소리에는 신용불량자가 되고 아파서 수술을 받으셨단다. 그렇게 나한테 해서는 안 될 굿을 하는 바람에 하늘에서 크게 혼을 낸 것이다.

그 때문에 나는 굿만 한 채로 무속인도 아닌 것이 도인도 아닌 것이 그저 혼자만의 존재로 아무 것도 모르고 작은 방에서 기도를 하면서 오로지 하늘의 가르침만 받아가면서 힘들게 공부를 마쳤고, 2023년 11월 14일 꿈에 손가락으로 '그칠 지, 사람 인'을 쓰면서 인간의 삶을 끝냈다.

그러면서 공부를 하다 보니 세상에는 나의 스승이 없음을 알게 되었고 내가 어떤 존재인지를 깨닫게 되었다. 그러나 나의 글을 읽다 보면 초기의 글과 2020년 이후의 글에 차이가 크다는 것을 알게 된다.

왜냐하면, 나는 오직 하늘의 가르침만 받아서 공부를 했기에 모든 것을 나에게만 의존할 수 밖에 없었다. 그래서 처음 시작에 얼마나 큰 오류가 있었는지를 알지 못했었다. 그러나 그렇게 나를 인도한 것도 전부 하늘의 뜻이라 생각한다.

나는 신들의 이야기를 전달하는 무속인이 아니다. 그저 존재 자체가 신이다. 그래서 무속인들처럼 들리거나 보이지는 않는다. 다만 보이지 않게 눈에 보이는 독특한 현상이 있을 뿐이다. 그것이 생각인지 마음인지는 인간들에게 설명하기 어렵다. 왜냐하면, 그런 현상은 오직 나에게만 있을 뿐이기 때문이다. 그래서 나는 눈과 귀가 아닌 오직 마음에 의존해서 모든 것을 느끼고 알아야 하기에 이 길을 가면서 하늘은 주로 꿈을 통해 나에게 길을 인도하여 주었다. 그러나 그것도 결코 쉽지 않다.

하늘은 한 치의 오차가 없기에 꿈에 보여지는 장면들을 굉장히 섬세하고 정확하게 파악해야 한다. 그리고 그 꿈은 몇 년 앞을 보여주기에 항상 기억하면서 가르침으로 삼아야 했다. 그러던 중 지난 2022년 음력 1월 1일에 나의 삶과 길에 대한 꿈을 꾸었다.

내가 차를 몰고 오르막길을 오르는데 자동차 핸들의 절반이 휘어져 있었다. 그래서 운전을 하면서 스스로 고무 탄성 느낌이 나는 핸들의 왼쪽을 바로 펴서 올라갔다. 그것은 굉장히 큰 의미가 있는 장면이었다. 왜냐하면, 2017년 12월 이 길을 처음 가게 되면서 혼자 기도하는 내내 평생 불교도였던 나였지만 왠지 나도 모르게 하늘을 생각하며 참선을 했다.

그때 하늘의 마음을 느끼니 온통 사랑밖에 없는 줄 알았는데 그것은 하늘의 인간에 대한 사랑이 아닌 내가 인간들에게 지녀야 할 마음의 기본 자세라는 걸 알게 되었다. 그래서 처음 2년간은 줄곧 사랑과 자비가 나의 기도 화두였다.

그러나 2019년이 되면서 꿈에 새로운 장면들이 보이기 시작했다. 하늘을 바라보니 엄청난 무리들이 칼싸움을 벌이고 있었다. 그 후로도 나를 잡으러 다니는 조폭 같은 이들이 자주 등장했다. 그러면 숨기도 하고 도망도 다니고 맞서 싸우기도 하면서 그것이 신들의 영적 전쟁임을 깨닫게 되었다.

그래서 나는 선과 악의 존재를 인식하게 되었고, 그 전쟁이 치열

함을 알고는 전사 같은 각오로 세상을 바라보게 되었다. 그걸 보여준 게 2022년 설날의 꿈이었던 것이다. 내가 오르막을 오르면서 자동차 핸들의 한 쪽이 휘어졌던 것은 처음에 악의 존재를 인식하지 못한 상태였던 반쪽짜리 공부였던 것이었다. 그러다 올라가면서 휘어진 핸들을 바로 잡았다. 그 덕분에 나는 지금 세상에서 일어나는 현상들과 사람들을 온전하게 판단할 수 있게 되었다.

돌아보면 내가 지난 6년간 몹시도 힘들게 공부하면서 가장 중요하게 생각했던 것은 세상에 스승이 없기에 오직 나 자신을 믿을 수 있는 스승으로 삼는 것이었다. 그동안 신들을 통해 오직 진실만을 섬기도록 훈련을 받았다. 그래서 나는 나를 믿고 내가 하는 모든 이야기는 진실임을 안다. 그렇게 공부하던 어느 날 누군가에게 생전 처음 내뱉는 이야기를 했다.

"세상에 나와 같은 존재가 한 번도 온 적이 없다."

그 이야기를 하면서 나 스스로도 깜짝 놀랐다. 기독교인들이 오매불망 섬기는 예수는 무엇이란 말인가. 그 이야기가 무심히 내 입에서 나왔다는 건 진실이라는 의미인데 그건 나로서도 생소한 말이지만 나는 나를 믿는다. 지금부터 내가 하는 모든 이야기는 진실이고 이제 세상이 바뀌었음을 나만 아는 것이 아니라 모든 사람들이 알게 하기 위하여 이 글을 쓰는 것이다.

그러고 보니 그와 관련된 장면을 2022년 음력 1월 2일 꿈에 보았다. 그 동네는 석동이었는데, 그것은 사람들이 아직은 돌이라는 걸 뜻한다. 그래서 알지 못한다는 것이다. 석동의 집 거실에서 창밖을 보니 엄청나게 거대한 물고기가 한 마리 있었다. 그 물고기는 별빛으로만 이루어져 있었는데 그 아래로 피라미 같은 아주 작은 물고기들이 무수히 많이 있었다. 그걸 보면서 거대한 한 마리는 나로 느껴졌고 나머지는 전부 피라미들이구나 하는 생각을 하면서 바닷속에 있어야 할 물고기가 허공에 있으니 그것이 천지개벽의 느낌이 들었다.

그러니 앞으로 사람들이 경험하게 될 세상은 천지개벽일 것이다. 이제 긴 시간 동안 내가 깨달은 하늘의 가르침을 사람들에게 열고자 한다. 그래서 사람들이 진정한 하늘의 이치에 따라 살게 하는 것이 내가 이르고자 하는 길이며, 그것이 하늘이 내게 부여한 '인류를 지구의 핵으로 옮겨라.'라는 소명을 실천할 수 있는 방법이 될 것이다.

이 글들은 내가 그동안 수행해온 과정이자 하늘의 가르침이니 앞으로 많은 이들이 마음 안에 한 자락 담고 자신의 삶을 살아가기를 간절히 바라며 책을 쓴다.

얼마 전 오랜만에 교단에 서서 학생들을 가르치는 꿈을 꿔서 그의미가 궁금했는데 그날 출판사에서 초안을 내게 보내왔다.
꿈에서 내가 중학교 1학년 학생들의 담임으로 배정받았다.
이것은 현재 지구인들의 영적 수준이 중학교 1학년 정도라는 것이고 내가 교단에 서서 학생들을 보며 다른 학년보다 중학교 1

학년이 좋은 것은 노력하면 담임이 원하는 대로 만들 수 있기 때문이라고 이야기했다.

그러면서 학생들을 보니 가운데 자리가 많이 비어 있었다.

그것은 현재의 선과 악의 대립으로 인해 나의 가르침을 이해하지 못하는 존재들이 많이 있어서 그러하다. 하지만 종례 시에는 자리가 가득 차 있었다. 그것은 길 잃은 양들이 마치 벌레와 같은 삶을 살다가 결국 제자리로 돌아온다는 것이리라.

내가 초안을 받은 날 교단에 서는 꿈을 꾼 것은 이 책이 학생들에게 주는 첫 교재이기 때문이다.

그것은 하늘이 인간들에게 주는 가르침의 시작을 의미한다.

2024년 1월 문이당

contents

고통은 하늘의 선물이요,

신의 축복이라.

살면서 그 축복이 버겁고 고통스러울 그 순간에

모든 걸 내려놓고 기도하라.

그때 신과 만나며 어둡던 길이 열리고

하얀 빛으로 이루어진 하늘과 맞닿게 되리라.

결코 삶의 힘겨움을 겪으며 분노로 자신을 해치지 마라.

신은 생각보다 가까이에 있음을 명심하라.

그것은 곧 신과 자신이 하나임이니.

기도와 신

신은 세상 모든 존재에 다 임해 계신다.

특별한 사람이나 사물에만 존재하는 것이 아니다.

조용한 방안에서 명상을 통해

자신의 내면을 깊숙이 들여다보면 신을 만날 수 있다.

기도란 이렇게 신과 소통하는 행위이다.

누구나 신이 궁금하면 자신을 들여다보라.

그것이 곧 나 자신을 통하지 않으면 신을 만날 수 없음이요.

하늘에도 이르지 못하는 이치이니라.

자신 안에 두고도 밖에서 헤매지 말고

반드시 그 안에서 찾아내어라.

그러면 모든 것을 이루리라.

나의 시작 1

내가 2023년 11월 14일로 인간의 삶을 그치고 나서 그동안의 깨달음을 책으로써 펴내고자 하면서 예전에 썼던 블로그의 글을 다시 읽어보게 되었다. 그러면서 몹시 부끄러웠다. 오로지 혼자서 기도하고 공부하면서 절반의 진리로 시작하여 하나의 완성을 이루기까지 내게도 많은 시행착오가 있었다.

신굿을 하고 나서도 스승이 없던 나는 내 행위가 점을 치는지 상담을 하는지조차도 규정짓지 못했었다. 혼자 빈방에서 천지를 모르고 기도하던 나를 답답해하시던 엄마가 나에게 무턱대고 지인을 보내셨다.

그런데 그녀는 신기가 굉장히 많은 사람이었다. 그녀가 모시는 신이 딸기를 사가라고 한다면서 내가 먹고 싶던 딸기 한 박스를 내놓는 게 아닌가? 그러면서 내게 이런 곳에 있을 사람이 아니라고 하면서 나중에 자신이 내게 돈을 많이 갖다 주는 게 보인다고 하셨다.

그때 내 입에서 나온 이야기가 놀라웠다. 나는 그녀에게 "나는 인간의 돈이 필요 없다." 하면서 손으로 위를 가리키면서 나는 하늘에 돈이 가득 있으니 그런 거 나한테 주지 말라고 하는 게 아닌가? 그러면서 그녀가 내게 궁금해하던 남자 얘기를 묻자 내가 사기꾼이라고 얘기해주었다. 그러면서 속으로 나도 놀랐다. 무슨 신이 이야기를 해주는 것도 아니고 아무것도 모르는데 넙죽 이야기 하는 게 무척 신기했었다. 사실 그때는 내가 원래 그런 존재로 세상에 내려왔을 거라고는 짐작도 하지 못했었다. 그러면서 사람들을 만나기 시작했는데 우리 엄마에게 상담을 해주고 나니 깜짝 놀라셨다. 점 보는 걸 좋아하던 분이시라 그런 상담은 들어본 적이 없단다.

나는 누구에게 배운 적도 뭘 한 적도 없지만 그냥 엄마의 깊은 내면을 훤히 들여다보면서 읽어가니 마치 치유가 되는 것 같다고 하시면서 그때 써드렸던 종이를 아직도 갖고 계시면서 한 번씩 읽어 보신다.

그러나 그때 만났던 사람들을 생각하면 내게 참 부족한 점이 많았다. 그때나 지금이나 모든 것이 진실이지만 나의 능력 가운데 극히 일부만 꺼내 쓴 느낌이랄까? 생각해보면 나를 위해 그들이 와준 게 아닐까 하는 생각이 든다. 그들을 스승 삼아 배우고 가르치고 깨달았으니….

그때는 사람을 만나기 전에 미리 기도를 하면서 나를 찾아온 이유를 생각하고 해결 방법도 미리 준비했었다. 그렇게 약속 시간을 잡고 만날 사람을 위해 기도하다 보면 어떤 이는 미리 이름도 떠오른다. 기도가 잘 되면 이름까지 느끼게 되지만 부족하면 그저 성만 짐작하기도 했던 시절이었다. 생각해보면 그런 초심 덕분에 한결같이 공부할 수 있었던 것인지도 모른다. 그렇지만 하늘에서는 인간의 왕으로 내려보내면서 어찌하여 온갖 시행착오를 하게 하셨는지….

하지만 나는 안다. 하늘은 인간들의 생각과는 달리 세상의 일에 시시콜콜 관여하지 않는다. 굉장히 무심하다. 그저 법칙과 이치로 돌아가게끔 지구를 움직일 뿐이다. 마찬가지로 나의 공부도 멀리서 비추는 등대 역할만 했을 뿐 오로지 나의 노력과 힘으로 불빛을 찾아가서 정박하게 되었음을 알고 있다. 아마도 그런 걸 인간들이 알면 어리석게 하늘 보고 의지하는 기도는 하지 않을 것인데….

하여간 나의 시작은 이러했다.

나의 시작 2

이 길을 가게 되면서 초창기 어느 날의 일기다.

미국에 사는 여동생이 출근하면서 전화를 했다. 언니가 인생에서 어떤 선택을 하든 지지하니까 굽히지 말고 힘내란다. 남들 인정하는 좋은 직장을 망설임 없이 그만두고 신과 함께 가는 길을 가겠다고 얘기했을 때 가만히 듣더니 언니가 어떤 길을 가더라도 응원한다는 말을 했다. 그리고는 열심히 일하고 있으니 언니 노후는 자신이 책임진단다.

그래서 나는 얘기해주었다. 하늘에 재산이 가득 차 있으니 전혀 걱정할 것 없다고. 오랜 시간 삶의 한 부분이었던 여동생은 세상에서 언니를 가장 존경한단다. 여느 무속인들처럼 몸이 아프지도 않았고 신은 내게 선택을 하게 해주었다.

원하는 대로 살라고, 그때 나는 그 여느 사람들처럼 갈등하지 않았다. 살면서 많은 어려운 사람들을 볼 때 도와줄 수 없음에 마음 아팠는데 이제 신과 함께하며 능력을 갖게 되었으니 무엇을 망설이겠나?

원래가 태중신명이라 중생 구제를 하기 위해 세상에 왔다는 얘기를 30대 계룡산에 도 닦으러 다닐 때 이미 들었지만, 일상의 삶을 영위하는 데 몰두하느라 그 깊은 의미를 깨닫지 못했다.

그러나 차츰 직장이 단지 돈을 벌기 위한 곳으로 여겨졌기에 주저 없이 결정했고, 지금 걷는 이 길은 참으로 행복하고 소박하다. 내 개인적으로도 중생들과 부대끼며 더이상 현생에서 업장을 짓지 않아도 되고 대승적으로 중생을 구제할 수 있기에 진정한 행복의 의미를 깨닫는다.

단지 안정된 직장과 돈을 버렸을 뿐인데 너무나 많은 것을 얻었다. 고통받는 사람들에게 진심 어린 조언을 해주고 희망과 용기를 주었을 때의 그 기쁨은 형언할 수 없다. 이 일은 내게 끊임없는 성장을 요구한다. 사람의 운명을 얘기함에 있어 시행착오가 있어서는 안 되기에 오늘도 여동생의 응원에 힘입어 한 걸음 앞으로 더 나아간다.

이렇게 내 삶이 소박했으면 오히려 평온했을 것이다. 시간이 지나면서 공부는 더 깊어지고 능력도 커지면서 삶의 어려움도 같이 늘어갔다. 시작은 미약했으나 점점 세상을 담을 큰 그릇을 만들기 위해 신들은 나를 망치로 더 세게 두드리고 담금질도 심해졌다. 뒤를 돌아보면 너무도 고달팠던 길이라서 그동안 나는 아예 앞만 봤다. 앞으로도 앞만 보면서 세상과 나를 구원할 것이다. 이것이 나의 약속이다.

부적과 열쇠

초창기에 하늘에서 공부를 위해 여러 사람을 내게 보내주었다. 그래서 그들을 통해 나도 가르침을 얻고 깨달은 바가 무척 많다. 어느 날 퀭하고 초췌한 모습으로 나를 찾아온 아주머니가 계셨는데 숨을 못 쉴 정도로 아파서 병원에 가니 병명을 모르니까 정신과를 가보란다.

그래서 정신과에 가니 공황장애라고 해서 약을 한참 먹었단다. 그리고 나한테 오기 전에 점을 보러 가니 앞으로 거지가 된단다. 그래서 나는 그녀의 눈을 똑바로 보면서 큰소리로 당신은 거지 안 되고 이제부터 정신과 약 먹을 필요 없다고 말해주었다. 다만 하늘의 도리대로 살고 신인합일의 기도를 하라고 일러 주었다.

두 시간 반을 상담하고 기운 내서 갔는데 일주일 뒤 다시 찾아와서 새로 이사 간 집에서 움직이기가 힘들다고 했다. 나는 이미 그녀가 오기 전날 그녀의 꿈을 꾸었기에 미리 부적을 써 두었다. 당시에 나는 사람들의 어려움을 해결해주기 위해서 부적을 써야겠다고 생각하고 기도를 하면서 하늘에서 글귀를 받았었다. 그것이 바로 천심(天心)이다.

신굿을 할 때 스님께서 내가 쓰는 부적은 굵은 붓으로 글씨를 쓰면서 한 장에 1~2억이 넘는다고 말씀하셨는데 어느 순간 내가 혼자서 쓰고 있던 것이었다. 그리고 그녀를 위해 쓴 부적은 내가 일반인에게 처음으로 주는 부적이었다.

그녀가 부적을 받으러 와서 상담할 때 나는 속으로 생각했다. 처음인데 이걸 얼마를 받아야 하는지를…. 그녀는 당시에 형편이 어려워서 사채 2천만 원을 쓰고 있는 형편인지라 이야기를 나누다 보면 오히려 내가 보태주고 싶은 마음이 들었기에 혼자 온갖 생각을 했다. '그녀가 부적값을 주면 정성이 있으니 그냥 몇만 원만 받고 나머지는 돌려줄까…' 하는 생각을 비롯해 여러 생각을 했는데, 그녀가 잠시 후 나의 한참 동안의 고민을 깔끔하게 덜어주었다. 그녀가 상담을 마치고 부적을 받아서 그냥 쿨하게 나가는 게 아닌가? 나는 그녀를 배웅하면서 얼마나 고마웠는지 모른다. 머릿속이 깨끗하게 정리되는 걸 느꼈다. 나의 첫 부적 고객은 지금 생각해도 웃음이 나온다.

그녀는 내게 9번을 찾아왔었는데 처음 3만 원을 놓은 이후 단 한 푼도 상담료를 낸 적이 없는 걸 보면 내가 몹시 편했거나 물욕이 없어 보였나 보다. 하기야 신굿을 하면서 스님이 내게 내린 유일한 공수가 "돈에 연연하지 마라."와 역시 "돈에 욕심내지 마라."였다.

오랜 시간 직장을 다니면서도 투자니 투기니 이런 것과는 아예 무관하게 살았었고 남들이 저축을 안 하냐고 물으면 내 대답은 "인간을 저축한다."였다…. 세상과 동떨어진 참으로 웃음 나올 이야기다. 그래서 나는 저축을 해본 적 없을 정도로 돈과 남남으로 살았는데 그런 나에게 돈에 대한 공수를 내리는 걸 들으면서 조금은 의아했는데 지금에 와서 생각하면 그건 정말 엄청난 이야기다.

그 돈이 세상을 이렇게 어지럽히고 있으니 마음이 어지럽지 않으려면 반드시 돈에 대한 착을 내려놓아야 한다는 걸 절실히 깨달았다. 세상 악의 근원이 돈인 것을….

　하여간 그렇게 부적을 받아간 그녀에게 다음 날 전화가 와서 꿈 이야기를 했다. 꿈에서 어떤 여자가 아픈데 몸 보신하라며 전복 큰 걸 두 마리 주는데 그 밑을 보니 열쇠가 있더란다. 정말 정확한 꿈이었다.

　내가 그녀에게 부적을 주면서 이제 아프지 말고, 거지 사주 걱정도 말고, 해결할 수 있는 열쇠를 주었으니 앞으로 기도해서 무엇이든 잠긴 문을 열라고 했다. 모든 건 본인 기도에 달려 있다고 말해 주었다.

　나의 부적은 그러하다. 인간 스스로의 영적 진화를 위한 노력을 절대 방해하지 않으려고 한다. 귀신의 힘을 이용해 그냥 이루어지는 것이 아니다. 본인 마음이 하늘에 이르면 모든 것을 이룰 수 있는 부적을 써주는 것이기에 능히 하지 못할 일이 없다. 다만 모든 것은 자신의 노력에 의해 좌우된다. 그래서 열쇠를 주는 것이다. 직접 여는 것은 스스로의 힘으로 해야 한다.

　그렇게 부적을 받아가서는 내가 말한 대로 꿈을 꾸더니 3일 기도했는데 요양병원 다섯 군데서 취업 연락이 왔단다. 그게 체결되면 악덕 사채는 해결된단다. 아주 잘된 일이었다. 하늘의 부적을 써주었고, 또 그것으로 진심 어린 기도를 했으니 어찌 이루어지지 않겠는가?

　그리고는 며칠 뒤 다시 찾아왔다. 그날은 지인이 돈을 빌려줘서 사채 2천만 원을 갚고는 신용 상태가 나아져서 차를 할부로 뽑을 수 있겠다는 기쁜 소식을 전했다. 이런저런 얘기를 하면서 내가 내년쯤 집을 살 수도 있겠다고 했더니 본인은 올해도 살 수 있을 것 같은 생각이 든단다. 그만큼 자신감이 충만해졌다. 그렇게 나의 첫 부적 고객은 제대로 노력한 셈이었다.

그래서 내가 본인이 그렇게 느낀다면 할 수 있다고 얘기했다. 그리고 당부를 했다. 그 부적으로 기도하면 반드시 일상생활이 천심(天心)이 되어야 한다고. 그게 어쩌면 그녀가 부적의 효험을 본 이유가 아닐까 생각한다. 그리고 그녀의 삶이 너무 행복해졌기에 나 또한 부적값을 제대로 받은 셈이었다. 한 사람을 살리는 대가를 얻었으니 오히려 과한지도 모른다.

삶에서 겪는 어려움은 신이 주는 선물

세상에 어려움이 없으면 공부를 하기도 도를 닦기도 어렵다. 내가 이 길을 가면서 신들이 가산을 전부 거덜 내는 바람에 경제적으로 갑자기 곤란해져서 주변에 도움을 요청해야 하는 상황이 되니 엄마가 마음이 힘들어하셨다.

본인도 남들에게 수억 빌려주고 못 받았는데 하면서 분노의 마음을 표출하셨다. 작년까지 사람들에게 주저 없이 돈을 빌려주다가 입장이 바뀌니 그러신가 보다.

그러나 나는 전혀 개의치 않는다. "엄마에게 돈을 빌려달라고 하는 것은 전혀 부끄러운 일이 아니에요. 돈은 있다가도 없고 없다가도 있는 거랍니다. 돈을 빌려줄 형편이 되면서도 혹시 못 받아 재산의 손실이 있을까 봐 자기 욕심에 주저하고 거절하는 마음이 부끄러운 거예요. 사람을 보지 않고 돈을 먼저 생각하고 다른 이의 어려움이나 고통을 헤아리지 못하는 거랍니다. 그러니 마음을 한번 바꿔보세요. 어차피 마음의 주체는 엄마이고 본인이 원하지 않으면 안 바뀌어요."라고 말씀드렸다.

그런데 이런 와중에도 내게 돈을 빌려달라는 사람이 있었다. 나는 전혀 망설이지 않고 나한테 도움을 요청해서 고맙다고 흔쾌히 현금 서비스를 받아서 제법 큰돈을 빌려주었다. 그러다 시간이 지나 너무 어려워졌을 때 혹시 여유 되면 돌려줄 수 있냐고 한번 말했는데 기도하며 얼마나 마음이 아프고 미안하던지.

결국, 울면서 108배 참회 기도를 했다. 중생심을 잠시나마 내서 죄스러웠다. 돈은 삶에 참 필요한 수단이라 엄청난 공부거리가 된다. 나도 공부를 시작하면서는 삶에서 모든 어려움과 고통이 소멸되기를 바랐다.

그러나 고통이 없으면 마음을 닦을 기회가 없어지고 세상을 헤아리기 어려워진다. 이제는 삶에서 어려운 일이 생길 때마다 이번에는 신이 또 내게 어떤 선물을 주셔서 공부할 수 있게 하실까 하는 생각해본다. 그러다가 가끔 지치면 이제 선물 그만 줘도 된다고 불평을 하기도 하지만 그래도 삶의 가르침은 항상 어려움 속에 숨어 있음을 알기에 감사하다.

탐심

　　어느 날 새벽 바닷가에 혼자 기도를 하러 갔는데 모래사장 위를 걷다 보니 아주 작은 돌멩이 3개가 눈에 띄는 게 아닌가? 그런데 그 순간 왠지 쓸모가 있을 것 같은 느낌이 들어서 가방에 넣어왔는데 돌멩이를 꺼낸 순간 깜짝 놀랐다. 쓸모가 있을 것 같다는 생각이 그냥 들었던 게 아니었다.

"내 것이 아니거든 길에 흔한 돌멩이 3개도 탐내지 마라."

'아뿔사!'

큰 가르침을 주려고 내 눈에 띄었구나 싶어서 텃밭에 그냥 버리기가 무서워 고이 두었다가 다음 날 그 자리에 그대로 가져다 두었다. 돌멩이는 두고두고 내 마음에 자리 잡아 항상 내게 탐심을 경계하는 지표가 되었다. 나는 아직도 그날 내 눈에 띄었던 돌멩이와 순간 남달리 스치는 그 느낌을 잊을 수가 없다.

전생 리딩

　　내가 신굿을 할 당시 신어머니라고 불리우던 스님에게 무슨 선녀가 실리더니 아이 목소리로 이제 언니는 원더우먼이 되었다고 하더니 그 이후 나 때문에 몹시 힘들던 스님과는 아예 연락이 끊어지고, 결국 혼자 기도를 하게 되었는데 사실 아무런 수행도 없이 접신 과정도 없이 전생 리딩의 능력이 발현되었다. 사람들을 만났을 때 그들의 사정을 듣다 보니 너무 가슴 아파서 생각을 하면 다양한 원인 가운데 어떤 이들은 전생이 읽혀지면서 현재 어려움의 원인이 과거에서부터 비롯된 것을 알게 되었다.

　그래서 인간의 삶이 죽는다고 마무리되고 단절되는 것이 아니라는 걸 깨달았다. 아마도 인간들이 그 이치를 알면 쉽게 잘못을 저지르지는 못할 것이리라. 무심히 저지른 일들이 세세생생 업으로 작용한다는 엄청난 이치를.

　나는 처음부터 기도를 하면서 인간의 삶을 전체적으로 이해할 수 있기를 간절히 발원했다. 현재의 모습만 갖고는 그 사람의 모든 것을 헤아리기 어렵기 때문이다. 그렇게 전생 리딩을 하고 여러 생을 바라보게 되면서 깨달은 바가 있다.

　전생을 들여다보게 되면 현생과 크게 다르지 않다는 것이다. 직업이나 사회생활을 통해 후천적으로 얻은 것의 차이는 있지만 사람의 습성이나 성격, 됨됨이, 취미나 특기 등은 그대로인 경우가 많았다. 전생에 목수 일을 했던 분은 현생에도 싱크대 만드는 일을 하고 계셨다. 나의 첫 신당에 탁자를 만들어주신 분이었는데 그분은 희한하게 절집이나 신당에 가구 만드는 일을 많이 하셨단다. 나를 보시더니 여느 수행자나 무속인들과는 좀 다르다고 하시면서 일 년 뒤 나의 이삿짐까지 트럭으로 옮겨 주셨다.

그분의 전생을 살펴보니 신라 시대에 절집을 짓던 목수였는데 그 인연으로 당시 절에 공양주 보살이었던 현재의 아내를 만나게 되었음을 알게 되었다. 아내도 절집 수행 근기가 있어서인지 한번 만나 보니 상당히 지혜롭고 좋은 분이었다. 내가 아내를 보면서 전생에 남편이 상당히 게으르게 일을 하는 습성이 있었다고 하니 깜짝 놀라면서 지금도 여유롭다 못해 너무 게을러서 고민이라고 속상해하셨다.

그걸 보면서 과거생에서부터 이어지는 습성을 바꾸려면 스스로의 엄청난 노력이 필요함을 깨달았다. 또 전생에 지게꾼이었던 어떤 분은 현생에도 공부하는 것을 싫어해서 다음 생을 위해 책을 좀 많이 읽으라고 조언을 해주었다. 그분은 이혼 문제로 상담을 하였는데 아내와의 인연을 어떻게 해결해야 할 지를 생각하면서 과거 네 번의 생을 들여다보니 전부 지식이 전무했다.

다행히 나중에 들어보니 일주일에 꼬박 책을 두 권씩 읽으신다고 해서 참 기뻤다. 그렇게 스스로 노력해서 자신을 바꿔가면 그 습성이 또 다음 생으로 이어지게 된다. 그리고 그렇게 쌓은 지식도 결코 물거품이 되지 않는다. 항상 공부하는 습이 만들어져 다음 생의 삶의 토대가 되는 이들이 대부분이다.

이렇게 사람들의 전생 리딩을 하면 현생에 자신의 성격이나 성향, 성품 등이 지난 생부터 세세 생생 이어지는 것임을 알 수 있었다. 대부분의 사람들은 자신의 전생을 기억하지 못하나 고도의 수행이 이루어지면 자신의 영혼에 내재된 과거의 삶을 기억할 수 있다. 하지만 그렇지 않더라도 현재의 모습을 보면 그 안에 과거가 그대로 담겨 있기에 현재의 자신을 변화시켜야 내세에는 달라진 삶을 살 수 있는 것이다.

신의 기운이 강한 사람

사람에게는 누구나 신이 있다. 자신의 정신, 즉 본신이라고도 하다. 인간의 정신은 알고 보면 신이다. 그래서 그 사람을 보면 그 신의 기질이 고스란히 나타나는 걸 알 수 있다. 그런데 이외에 유난히 본신이 아니면서도 신의 기운이 강한 사람들이 있다.

그런 이들의 삶은 고통이 많이 따르는 경우가 대부분이다. 그런 사람들이 상담하러 오면 자신의 고통을 하소연하며 왜 나는 이렇게 살아야 하냐고 분노하는 이들이 있다. 그럴 때 나는 참으로 안타깝다. 중생 삶에서는 모든 사람들이 마음만 먹으면 어떤 공간이든 자유롭게 이동하고 자신의 의사대로 생활할 수 있고 대통령이나 청소부나 그 차이가 없지만 죽어서 다다르는 신의 세계는 그렇지 않다.

하늘의 도리대로 살지 않으면 함부로 천국으로 가지 못하고 그 천국도 신의 등급에 따라 머무르는 공간이 다르고 이는 아주 엄격하다. 그래서 인간의 사후 영적 상태에서 대부분은 지옥을 거쳐 윤회의 단계를 맞이하지만, 그 가운데 신의 단계에 도달한 이들 중에서도 신이 된 후 더 높은 신의 세계에 도달하고 싶다는 염원을 가진 이들은 신의 세계인 천국에 머무르지 않고 육신이 주어지는 인간 세상에서의 삶을 다시 선택하는 이들이 있다.

나는 이런 이들을 지금껏 상당히 많이 봐왔다. 이들은 윤회 단계의 다른 이들처럼 의식주의 영위에만 몰두하는 게 아니라 온갖 고통을 통해 수행하는 공부를 하며 오로지 영적 성장에만 전념하고자 한다. 그래서 그들의 삶을 보면 처참할 정도로 고단한 이들이 많이 있다.

　그러나 그렇게 공부하기 위해 고달픈 삶을 흐뭇하게 계획한 후 인간 세상에 태어나고서는 그것조차 망각해버리고 마치 여기에서의 삶이 전부인 것처럼 생각하는 오류에 빠지게 된다. 그러면서 왜 자신이 고통스럽냐고 넋두리한다.

　하지만 신의 기운이 강한 사람들은 기도를 하게 되면 반드시 깨닫는다. 자신이 세상에 온 진짜 목적을…. 그것은 영혼의 성장을 통해 더욱 높은 신의 세계에 도달하기 위해서이다. 나는 이런 이들이 빨리 깨달아서 고통의 외적 형상에 빠져 허우적대는 것이 아니라 이 같은 숙제를 즐겁게 처리해가며 조금씩 성장하는 기쁨을 누리기를 간절히 염원한다. 그리고 그들을 응원한다.

소박한 수행자의 삶을 살며

　　어느 날 아침 일찍 미국 사는 여동생이 카톡을 보내 왔다. 버버리 세일하니까 옷을 골라 보란다. 사고 싶은 것은 없지만 동생 성의를 생각해서 사이트 구경을 해봐도 갖고 싶은 게 없다.

　수행하는 생활을 하다 보니 필요한 것도 많지 않고 갖고 싶은 것도 없다. 예전에 입던 옷들도 전부 주고 단출하니 몇 벌만 남겨 두었다. 가끔은 일상복 차림으로는 안 되는 곳이 있어서… 이젠 옷도 화장품도 그다지 필요하지 않다.

　오히려 돌아보니 과거에 지나치게 많은 물건을 소유하지 않았나 싶어서 부질없게 느껴진다. 모든 사람들이 이렇게 살 필요는 전혀 없다. 자본주의 사회에서는 소비도 미덕 아닌가? 전부 나처럼 이렇게 산다면 기업, 상인들은 파산할 거다.

　각자 자신이 선 자리에서 상황에 맞게 살아가면 된다. 나는 이제 소유하고 싶은 것들이 그다지 없다. 기운이 나쁜 사람들을 많이 만나면 피곤해서 중생 인연도 다 끊고 보니 혼자서 쓸데도 쓸 것도 없다. 내 만족을 위한 소비도 타인을 위한 소비도 않으니 그야말로 종일 돈 쓸 일이 없다. 다행이다.

　돈도 없는데 돈 쓸 일도 없고 돈이 필요하지도 않아서… 그게 얼마나 좋은지 모른다. 돈이 어지럽히는 세상에 동참하지 않아서… 혼자 조용히 기도하는 삶 속에서 나는 수시로 행복하다. 예전에는

아주 가끔 느끼던 행복함을 요즘은 너무 자주 느끼다 보니 사람들
에게 미안하다.

　나만 행복해서 되나 싶어서….

　나는 이렇게 사는데 세상 사람들은 어떻게 살까?

　돈이 세상을 어지럽히는 악의 근원임을 알고 있을까?

　어느새 돈의 종처럼 사는 이들을 몹시 안타까워한다.

부처님 오신 날 뱀 꿈을 꾸다

이 길을 가게 된 첫해 부처님 오신 날에 나는 뱀꿈을 꾸었다. 필통 안에 뱀이 1마리 들어 있을 줄 알았더니 3마리가 들어 있었다. 그걸 가위로 다 잘라버리는 꿈을 꾼 것이었다. 그게 무슨 의미일까 생각하면서 부처님 오신 날이라 모처럼 바람을 쐬러 조카를 데리고 절에 갔는데 원래는 평소 다니던 한 곳만 가려다가 큰 절 입장료가 무료라서 아이와 함께 불국사에 갔다. 그런데 공교롭게도 경내에서 가수 김혜연이 「뱀이다」 노래를 부르는 게 아닌가?

그 노래를 들으면서 절을 올라가는데 문득 눈에 띄는 게 있었다. 스님들이 불전함을 놓고 앉아서 시주를 받고 있었다. 그걸 본 순간 그 젊은 스님을 들여다보면서 공부와 수행의 근기와 돈이 한 번에 읽혔다. 중생들로부터 시주받는 돈이 얼마나 무서운 돈인지를 아는지 모르는지. 자신의 수행을 위해 남의 돈을 시주받으면 그 업과 대가는 세세생생 갚아야 한다. 세상에는 10원 한 장도 공짜가 없다.

내 신당 주변에는 교회가 유난히 많다. 사방으로 족히 10개는 되어 보인다. 창문을 열면 3개가 몇 미터 간격으로 눈앞에 보인다. 참 안타깝다. 어찌보면 우리나라에는 이렇게 수행해야 하는 사람들이 많다. 그런데 종교는 욕심이고 하늘의 뜻이 아니다. 각자 자기 본신과 함께 자신에게 편안한 공간에서 기도하고 일상 수행을 부지런히 해야 천국은 멀더라도 구천에서 떠돌지는 않거늘.

선교니 포교니 각자의 근기와는 하등 상관없이 마구잡이로 조직을 확장하고 세력을 넓히기 위해 큰 건물을 으리으리하게 짓고 남의 노동의 대가를 십 분의 일이나 삼키려고 하니 참 도둑놈 심보다. 하늘의 마음과는 아무 상관이 없다. 이 우주 법계에는 굉장히 많은 신들이 있는데….

하늘에 가보면 선한 신만 있지는 않다. 아마 그런 까닭인지 세상이 온통 종교의 욕심으로 덮여있다. 자신의 도리와 천심(天心)은 어디 가고 어지러운 일들만 가득하다. 하늘은 절에도 교회에도 있지 않다. 오히려 거기에는 더 없다. 욕심이 있는 곳에 선한 신은 없다.

그래서인지 나는 부처님 오신 날 뱀 3마리 꿈을 꾸고 절 세 군데를 다녀온 후 두 번 다시 절에 가지 않는다. 절에 수행자는 없고 뱀만 들어 있다는 것을 인간들은 알지 못한다. 그 어떤 종교도 하늘의 뜻이 아니다. 그래서 내가 뱀을 가위로 잘라버린 것이다. 언젠가 인간들에게 그것을 증명하는 날이 올 것이다.

나는 가끔 생각한다. 이 많은 대형 교회 건물들을 나중에 전부 어디에다 쓰는 게 좋을지를.

수행 과정 중에

　　　　스승도 없이, 가르침 주는 인도자도 없이 이 길을 가는 건 그리 쉬운 일이 아니다. 여느 무속인들처럼 동자나 선녀 또는 모시고 있는 신령님이 얘기를 해주지도 않는다. 그저 기도를 하고 기운을 모으고 마음을 맑게 하고 신의 마음을 느끼지 않으면 방법이 없다. 그래서 나는 모든 것을 내 마음에 의지한다.

　내 마음을 맑게 하면 모든 것을 행할 수 있으나 그렇지 않으면 금세 벌을 받으면서 참회를 하고 수행을 해야 한다. 나의 본신은 천지 우주의 기운을 움직이시고 무한한 원력을 지니고 있으나 아직 그것을 온전히 쓰지는 못한다. 이 글을 쓰던 2018년 5월에 꿈에서 내가 우주 통신을 받았고 태어나면서부터 생각으로 불을 끄고, 불이 난 곳에만 비를 내리게 하고, 긴 수도관에 연결된 수돗물을 차례대로 켜는 능력을 갖고 있다고 하면서 이를 주변에 보여주는 장면이 보였다. 말 그대로 천지 우주 기운을 움직이는 일을 행하는 모습이었다.

　허나 아직 내가 그 힘을 제대로 쓸 수가 없는 것은 그것을 담을 수 있는 나의 그릇을 다 못 만들었기 때문이다. 내 그릇이 완성되면 그때는 반드시 소명을 향해 힘차게 나아갈 것이다.

하늘과 인간의 마음은 하나다

나에게 오래도록 가슴에 남아있는 하늘이 준 가르침이 있다. 그것은 하늘이 찰나의 스치는 마음도 모두 읽고 있다는 걸 알게 해준 일이었다. 초창기에 사람들을 몇 명 만나다 보니 어려움을 해결하기 위해서는 각고의 노력이 필요한데 인간들이 그 고비를 넘기가 힘들어서 도움이 되기를 바라는 마음에서 부적을 쓸 결심을 했다. 그래서 정말 간절하게 진심으로 기도를 하면서 한 자 한 자 부적발원문을 적었다. 그리고는 여러 날 기도를 해보니 다른 무속인들처럼 노란 종이에 붉은 글씨로 쓴 내용조차 알지 못하는 그런 부적이 아니었다. 기도를 통해 하늘의 소리를 들었다.

"네 마음이 내 마음이고, 내 마음이 네 마음이다."

그래서 하늘의 마음이 무엇일까? 나는 인간들이 어떻게 살기를 바라는지를 생각해보았다. 그것은 사람들이 하늘의 마음으로 사는 것이었다. 바로 천심(天心)이다. 그래서 부적을 위한 준비를 하던 어느 날이었다.

당시에는 아무것도 몰랐던지라 신단을 만들고 그 위에 도자기 그릇 몇 개를 올려두고 기도를 하던 시기였다. 그 신단 위 옥수 그릇에 물을 따르다가 그 옆에 두었던 부적발원문에 물이 떨어져 얼룩이 지는 게 아닌가? 얼룩진 종이를 신단에 올려놓으니 보기가 싫었다. 그래서 나는 상담 탁자에 얹어서 깨끗한 종이에 옮겨적었다. 그런데 옮겨 적으면서 문득 속으로 이건 글씨만 더 반듯한 것 같다는 생각을 했다. 정말 한순간이었다.

처음 부적발원문을 적을 때의 그 진심이 느껴지지 않았다. 그런데 그 생각을 스치듯이 하던 중에 거실 충전기에 꽂아둔 휴대폰이 울려서 잠시 전화를 받으러 나가서 택배 아저씨와 집에 있냐는 단순한 통화를 하는 사이에 내 귀에 바람 소리가 휙~ 하는 걸 들었다. 그래서 이상하다 싶어서 짧은 통화를 마치고 방에 들어오니 상 위에 다 베껴둔 부적발원문 필사본이 없어진 걸 보고 황당했다. 얼룩진 원본은 그대로 있는데 필사본만 없어져서 아무리 찾아봐도 보이지 않았다. 좁은 방 안에 나무로 만든 작은 신단 말고는 상이 유일한 가구였는데 그 어디에도 보이지 않았다. 나는 지금도 2018년 초봄, 그 어느 날의 바람 소리를 뚜렷하게 기억하고 있다. 선명했던 그 소리…, '휙~' 나는 그때 하늘의 지엄함을 깨달았다. 속으로 잠시 한순간의 스치듯 지나가는 생각조차도 바르고 청정하지 않으면 하늘은 용납하지 않는다는 걸 알았다.

그리고 무슨 생각을 하는지 무슨 행동을 하는지 다 알고 계신다는 걸 깨닫고 나서는 함부로 악심을 품지도 번뇌, 망상을 갖지도 못했다. 그래서 나는 나 자신을 경계하기 위해서 며칠 간의 기도 이후 부적을 쓰는 원력이 생겼음에도 한동안 부적발원문을 신단에 그대로 놓아두어 항상 나 자신을 가다듬었다.

지금도 내 마음을 하늘이 전부 훤히 들여다본다는 것을 알고 있다. 그것은 나에게만 국한된 것은 아니다.

하늘은 모든 것을 안다.

다만 인간의 일에 관여하지 않을 뿐이다.

인간의 일은 인간 스스로 해내기를 바라는 마음이기 때문이다. 아마도 인간들이 그것을 알면 지금처럼 어리석은 잘못을 하지는 못할 것이다.

그날 이후 나의 기도는 언제나 진실과 진심에 뿌리를 두고 있다. 나의 삶도 마찬가지다. 그것은 인간의 마음이 하늘의 마음과 연결되어 있다는 것을 깨닫게 해준 중요한 경험이었다.

나의 일과 소명

처음에 내가 어떤 존재인지, 세상에 내려온 소명이 무엇인지를 알지 못했을 때 이런 10가지 일을 하고 싶었다. 그저 소박하니...

1. 사람들의 아픔을 이해하고 눈물을 닦아주고 고통을 덜어주는 삶을 살고자 한다.
2. 무이자 은행, 무료 식당 운영
3. 세상의 이치를 일깨워주는 법문으로 사람들의 삶을 자각시키고자 한다.
4. 진짜 사회복지시설
5. 세상을 희망차고 아름답게 만들고자 한다.
6. 자살하려는 사람들에게 상담하여 희망과 용기를
7. 임대아파트를 최고의 품질로
8. 아프리카 내전 종식과 근대화에 기여
9. 악업과 악연을 소멸하고 선업을 쌓게 하는 법
10. 사회적 기업

그러나 지금의 나는

1. 현재 진행 중인 선과 악의 영적 전쟁을 승리로 이끄는 일
2. 모든 종교와 잡신들을 정리하는 일
3. 인간을 하늘의 순리대로 살도록 가르침을 펼치는 일
4. 인류를 지구의 핵으로 옮기는 일

이런 일을 하고 있으며 앞으로 해야 한다.
무수한 엉터리와 잡신들에 맞서서….

생각 차이 대 양심 불량 차이

어느 날 엄마의 지인이 상담을 하러 왔다. 엄마는 그 아주머니에 대해 미리 불평을 한참 늘어놓았다. 그 아주머니 때문에 수천만 원을 날리고 손해를 봤다고 투덜거렸다. 그러나 그 아주머니와 상담을 해보니 자신은 너무나 진실되고 정직하며 남에게 손해를 입히는 행동은 안 하는데 왜 이리 삶이 고달프냐고 하소연하셨다.

나도 혹시 이렇게 내 입장에서만 나를 방어하지는 않는지 아주머니를 통해 나를 들여다보게 되었다. 참으로 삶의 매 순간이 내게 가르침투성이다. 그래도 다행히 나는 신의 사자라 항상 신과 함께하기에 함부로 행동하기 어렵다는 게 고마울 따름이다. 업장이 늘어나지 않으니.

그리고 나는 모든 사람과 모든 일을 인간이 아닌 신의 관점에서 전체를 살펴본다. 그래서 정직하지 않은 사람을 만나면 내 마음이 몹시 힘들다. 왜냐하면, 신은 이미 다 알고 있기 때문에. 인간들도 그런 신의 존재를 알게 되기를 바란다.

신이 일을 하실 때는

　　아침부터 엄마가 화를 표출하신 어느 날이었다. 내가 아무리 들어도 개의치 않으니 더 약이 오르시는 것 같았다. 안쓰러운 마음은 있지만 엄마인 동시에 구도의 동반자로서 본질적인 문제가 아닌 곁가지에 자꾸 심지가 흔들리니 그게 더 안쓰러울 뿐이었다.

　　내가 이 길을 가면서 가산이 거덜 나고 엄마에게도 경제적인 피해를 좀 입혔는데 그게 자꾸 원망스러우신가 보다. 그러나 내가 살펴보니 그건 내 몫이 아니라 엄마가 공부해야 할 몫이었다.

　　경제적인 문제 때문에 누구에게 서류를 좀 부탁해야 하는데 지인들이 전부 거절을 해서 열흘 넘게 끙끙거렸다. 나는 중생 삶을 살 때도 누군가의 부탁을 거절해본 적이 거의 없었다. 부탁하는 사람의 마음을 헤아려보면 거절하기가 어려워서 누군가는 나를 무조건 예스맨이라고 부르기도 했었는데, 아마 그때부터도 세상일이 다 사소하게 느껴져서 그런 것 같다.

　　그런데 그 누군가들은 거절을 참 잘하는 것 같다. 달리 스승 없이 이 길을 가면서 내게 가장 큰 스승은 엄마였다. 공부가 좀 되려고 하면 뒤에서 옷을 잡아당기면서 끌어당겼지만 사실 주춤하거나 끌려가 본 적은 없다.

　　엄마는 안정적인 직장을 그만두고 생계가 불확실한 것을 걱정하지만 나는 그런 걱정은 안 한다. 매일 행복하기 때문이다. 어차

피 신이 공부하라고 가져가신 돈은 신이 알아서 돌려주리라 생각한다. 안 줘도 그만이고 대신 큰 걸 얻기에 별달리 돈에 미련이 없다. 어쨌든 지난 몇 달간 끊임없이 태클을 걸면서 공부를 시켰지만 요 며칠은 극에 달한 데다가 오늘 아침은 아주 심해서 신당에서 한참을 하소연하셨다.

누구에게 부탁하냐고 걱정하셨는데 내 입에서 문득 어떤 사람 이름이 나왔다. 난 삼십 년 전에 딱 1번 본 적 있었고 엄마도 몇 년에 한 번 어쩌다 연락하던 사람 이름이 내 입에서 나왔고 우리 둘은 차를 몰고 그분을 찾아갔다. 그랬더니 아주 흔쾌히 부탁을 들어주셨다. 차를 마시면서 여담 삼아 그 아주머니께 신이 알려줬다는 얘기를 했다.

아마 신은 사람의 마음자리를 다 아시기에 부탁을 들어줄 사람을 찾아서 내 입에서 이름이 나오게 하셨다 보다. 차를 타고 돌아오는 길에 엄마랑 얘기를 나누었더니 "신이 이왕 해결해 주실 거면 열흘 동안 사람 고생시키지는 말지." 하시길래… 나는 엄마에게 "그 고생이 공부랍니다. 겪어보니 누군가 나에게 부탁을 할 때는 역지사지의 마음으로 주저 없이 들어줘야겠지요. 그 공부를 충분히 했으니 마지막에 해결을 해주시는 겁니다. 그리고, 그 공부를 잘하려면 어려움을 평상심으로 극복하며 그것을 통해 가르침을 얻는 것입니다."라고 말씀드렸다.

신께서는 항상 해야 할 공부가 충분히 끝나야지 해결 방법을 알려주신다. 거기에는 예외가 없다. 그래서인지 나는 어려움이 있을 때마다 충분히 고통이 끝날 시간까지 기다리는 여유가 생겼다.

무이자 은행

예전에 내가 하고 싶은 일 가운데 무이자 은행이 있다. 이 길을 위해 하늘에서는 내게 온갖 경험을 하게 해주었다. 그중에 하나가 수억 원을 날린 일이었는데 평소 내 삶과는 전혀 다른 일로 큰돈을 날리게 되었다.

원래 타고난 습성으로 세상 모든 사람들을 사회적 지위나 신분, 재력 등 사회적 기준으로 올려다보는 법이 없었다. 사실은 오히려 그 반대였다. 나는 일평생 이상하리만치 모든 사람을 아래로 보면서 측은지심을 갖고 살아왔다. 아마도 그것 때문에 나의 도반이자 친구였던 이가 나를 보고 남들과는 너무도 다르다는 표현을 썼었다. 그것은 수행하는 내내 큰 걸림돌이 되었다.

굉장히 큰 아상에 사로잡힐 수도 있는 것이기에 수행에서는 각별히 경계해야 할 마음 자세였다. 그러던 중 수억을 날리는 경험을 통해 밑바닥 체험을 하면서 세상 모든 일을 바라보는 시야가 넓어지고 사람들에 대한 인식도 변화되었다. 그곳에서 만난 이들이 사는 처절한 모습을 보면서 꼭 그들에게 도움이 되기를 원했다.

신용등급 8등급 이하의 사람들에게 금융기관의 문이 아예 열리지 않는 걸 보면서 그런 사람들에게 희망을 주는 따뜻한 은행을 만들고 싶은 마음이 간절해졌다. 그런 생각 중에 이 길을 가면서 신에게 대접하는 굿을 한 첫날 밤에 무이자 은행을 의미하는 꿈을 꿨다. 나는 꼭 해낼 것이다.

다만 무이자 은행에 가장 큰 문제는 상환율이다. 나름 복안도 있으나 넘어야 할 가장 큰 산임에는 틀림이 없다. 그래서 참 안타깝다. 어려운 이들에게 희망과 용기를 주고자 시작하려는 일이 혹여 미상환 시 그들에게 세세생생 이어지는 악업을 만드는 건 아닐지 그게 걱정이다.

그래서 어떤 얘기를 해주려고 한다. 내가 30대에 계룡산에서 도를 닦을 때 만났었는데 큰 도인이었던 스님께서는 처음 만난 날 대화 중 절로 내 눈에서 눈물을 줄줄 흐를 정도의 분이셨다. 수도 없이 스승을 찾아 헤매던 나에게도 그런 경험은 처음이었다.

당시 그 절에 공양주 보살의 아이들은 영이 맑아서 그분을 보면 부처님 형상으로 옆에는 신장들이 호위하는 걸 눈으로 볼 정도의 법력을 지니신 분이셨다. 만난 지 몇 년 안 돼서 췌장암으로 돌아가셨는데 내가 안타까운 마음에 수백만 원을 들여서 개인적으로 천도제를 해드렸었다.

그런데 그때 무속인을 통해 스님이 실려서 하시는 말씀이 출가하기 전 화장품 대리점을 하면서 진 빚이 도를 열심히 닦으면 사라질 줄 알았더니 죽어서 하늘 가서도 남아 있더라고 괴로워하셨다. 그런 빚이 있는지는 굿을 하는 무속인은 결코 알 수 없는 얘기였고 나는 예전에 스님께 출가 내력을 들어서 알고 있던 개인사였다. 그런데 고통스러워하는 모습에 깜짝 놀랐다.

나도 그 정도의 공덕을 세상에 쌓았으면 악업은 절로 소멸될 줄 알았는데 공덕은 공덕대로 악업은 악업대로 남는다는 걸 깨닫게 되었다. 그 일은 남에게 진 빚의 지엄함을 두고두고 내게 각인시켜 주었다.

살면서 짓는 모든 행은 업으로 남는데 하물며 자본주의 사회에서 돈이라는 게 얼마나 큰 업이겠나. 사람들이 이런 이치를 잘 헤아렸으면 참 좋겠다. 그러면 무이자 은행도 성공할 수 있을 것이고 많은 이들에게 따뜻한 희망이 될 수 있지 않겠나? 앞으로 누군가는 그 일을 해줬으면 하고 바란다.

역경의 인생 속에 도가 있다

누군가 내게 참 버라이어티한 인생을 산다고 했다. 돌이켜보니 말 그대로였던 것 같다. 나는 예전부터 막연히 전생에 지은 죄가 없을 거라는 생각을 했다. 그러다가 삼십 대에 계룡산에서 큰 도인을 만났을 때 한눈에 내가 하늘에서 온 신적 존재라는 걸 알아보셨다. 그 이후로 여러 분들이 그런 말씀을 하셨다.

그러던 중 우리나라에서 전생 리딩가로는 가장 유명한 분에게 전생 리딩을 받게 되었다. 그분에게 내가 전생에 도를 통하고 이생에서는 털어낼 전생 업장은 없다는 얘기를 들었다. 그럼에도 불구하고 뒤돌아본 내 인생은 한결같이 평탄하지는 않았다. 한 직업을 26년간 해왔음에도 삶의 굽이굽이 무수한 일들이 있었다. 돌아보면 힘들고 고통스러웠던 날들이 참으로 많았다.

그러나 어쩌면 그런 다양한 경험들이 오늘 내가 살아가면서 다양한 사람과 다양한 상황을 자연스럽게 이해하게 된 건 아닐까 생각한다. 만약 밋밋하고 단조로운 삶을 살았더라면 고통받는 사람들의 아픔을 헤아리지 못했을 것이다.

지금 이 길을 가는 데는 꼭 필요한 경험들이었던 것 같다. 그래서 나는 이번 생에 아주 다양한 공부 거리를 미리 만들어 두었던 것 같다. 세상에 의미 없는 고통은 없다는 말이 있다. 이젠 과거의 중생 삶들이 하나도 기억에 남아 있지 않지만 그 일을 통해 느끼고 배운 모든 것들이 내 삶을 살찌우고 또 그것들이 밑거름이 되어 나와 인연 닿는 이들이 삶의 아픔을 거두고 세상에서 소중한 존재로 행복하게 살아갈 수 있기를 바란다. 그리고 무엇보다 삶의 다양한 고통 속에 힘겨워하는 이들이 그 고통 속에서 값진 것들을 발견하고 그것을 통해 영혼이 맑아지고 성장하기를 신과 함께 발원한다.

아마도 '큰 사람! 큰 시련!'이리라.

잡 신

       이 길을 가게 되면서 나는 이후에 일어날 일들에 대해 날마다 꿈을 꿨다. 그것은 하루 이틀 뒤의 일이 아니라 수년 내지는 수십 년 뒤의 일에 관한 것들이었다.

  어느 날 큰 버스를 타고 맑고 아름다운 바다를 지나 산을 오르락내리락하다가 마지막에 우리 집이라고 하면서 통유리 너머로 바다가 훤히 보이는 멋진 펜션에 도착했고, 안을 들여다보니 사람들이 여럿 좌선하며 앉아있었는데 나는 그 거실로 들어가지 않고 그 옆에 나무 기둥 사이로 좁은 칸들이 많이 있는 곳에 들어가 앉았다.

  그 꿈을 꾸고 나서 거의 한 달 뒤에 형편상 작은 원룸 생활이 시작되었다. 결국, 좁은 칸이 많은 곳에서 신당을 차린 거다. 내가 앞으로 하고 싶은 일 가운데 주거 공간 관련 내용이 있는데 그건 원룸에서 며칠 자보니 전부 독립된 집이 아니라 옆 방에 있는 것처럼 소음으로부터 자유롭지 못했고 환경이 열악해서 깜짝 놀랐다. 원룸이라는 게 사람이 편안하게 살도록 만들어진 곳이 전혀 아니었다.

  그렇게 새 생활을 하게 되면서 윗집 때문에 처음에는 애를 먹었다. 아이들이 쉴 새 없이 뛰어다니는 데다가 그걸 나무라는 아버지의 고함에 아이들 울음소리까지…. 기도에 집중하기가 어려웠다. 하지만 그건 내 몫이고 아이들이 힘들겠다 싶어서 빵을 사 들고 윗집에 올라가니 아이들이 3살, 6살이었다. 그래서 나는 전혀 괜찮으니 아이들 나무라지 말라고 잘 얘기하는데 아이들 엄마 얼굴이 한눈에 짠해 보였다. 그렇게 우리 집으로 돌아오니 윗집 아이들은 그다음부터 아주 편안하게 뛰어다니고 놀았다. 그 소리가 거슬려 기도에 집중 못 한다면 그건 전적으로 내 탓인 거다.

그렇게 윗집과 안면을 텄는데 자꾸 아이들 엄마 얼굴이 눈에 밟혔다. 그러던 어느 날 계단에서 우연히 만나게 돼서 우리 집으로 데려가서 상담을 해주었더니 나를 아주 어려워했다. 내가 짠하게 여긴 건 이유가 있었다. 여러 잡신 때문에 어려서부터 가위눌림이 심해서 불도 못 끄고 자고 굿도 여러 번 했단다. 그럼에도 아직 많이 힘들어했다. 그래서 내가 오래된 잡신들은 철저한 기도 수행 아니면 완전히 쫓아내기가 쉽지 않기에 당분간 우리 집에 와서 매일 절만 하고 가라고 일러주었다.

그러나 그 이후에 한 번도 오지 않았다. 주차장에서라도 나를 마주칠 땐 괜히 멀찍이 옆길로 돌아가고 혼자 안쓰럽게 행동했는데 억지로 내가 더이상 뭘 하기는 어려웠다. 이렇게 잡신이 붙어있는 사람들은 우리 집에 오기가 아주 어렵다. 오게 되면 그 기운 때문에 잡신이 떨어져 나가야 하기에 방해를 해서 쉽게 와지지도 않고 와도 견디기 힘들어한다. 그래서 더욱 안타깝다.

그러나 잡신이라고 무조건 나쁘다고 하기는 어려운 게 육신을 갖고 살던 사람들이 하늘 도를 깨우치지 못하고 죽으면 결국 누군가에게 잡신처럼 붙어서 기생해야 하는 처지가 되는 경우가 많다.

그들도 육신이 있었을 때는 평범한 인간이었던 것이다. 잡신이 어디 악의 소굴에서 탄생한 게 아닌 거다. 그냥 가치 있는 신적 존재가 아닌 잡다한 신의 등급이다.

삶의 참된 도리를 제대로 못 하고 그냥 외적인 것만 충족하며 사는 것이 얼마나 위험한지. 그렇게 살다가 죽어서 누군가에게 잡신이라는 존재로 남게 된다는 것은 참으로 처절하게 슬픈 일이다. 그래서 육신을 갖고 있을 때 열심히 선업을 짓고 악업은 소멸하고 인연을 소중히 하며 천심(天心)으로 사는 것이 얼마나 중요한 일인지 다들 깨달았으면 좋겠다.

도를 닦는다는 것

　　　　도를 닦는다는 것은 하늘의 마음에 가까워지는 것이기에 마음이 따뜻하고 선량해지는 것이다. 우주 법계에 숱한 신들이 있듯이 사방에도 도인 천지이다. 허나 마음 자리가 선하지 못하다면 그는 엉터리요 사이비일 뿐이다. 세상에 존재하는 많은 종교들이 있다. 어떤 것은 다수가 믿어 세력을 떨치고 어떤 것은 사이비로 낙인이 찍혀 있기도 하다.

　그러나 이 모든 것은 의미가 없다. 각자 자신의 근기대로 세상에 와서 다양한 공부를 통해 그릇을 키우고 다시 저 세상으로 돌아가는 것이다. 어떤 종교를 믿는다고 구원을 받는 여부가 결정되는 것이 아니다. 그저 자신의 심성을 착하게 갖는 것이 최고의 도리이다.

　예전의 일이다. 내가 사는 아파트 위층에 어떤 아저씨가 살고 계신다. 이 아저씨는 출근 시간이 나와 비슷해서 엘리베이터에서 자주 만난다. 나는 누구에게나 친절하지만 왠지 나한테 웃으며 말을 거는 남자들에게는 좀 까칠한 경향이 있다. 괜히 수작 부리는 것 같아서 절로 표정이 떨떠름해진다.

　나는 겉과 속이 같아서 얼굴을 잘 포장하지 못하고 아저씨의 여러 질문과 농담에 매번 뚱한 표정을 지었다. 가만 살펴보니 약간 지능이 부족해 보이기도 했다. 그런데 이 길을 가면서 그동안 내가 잘못했었다는 걸 깨달았다. 실제로도 지능이 낮았던 그 아저씨는 아침마다 엘리베이터에서 만나는 무표정한 얼굴의 이웃들에게 따뜻한 말과 친절을 베풀고 있었던 것이다.

지금에서 그 아저씨를 자세히 들여다보니 마음이 천심(天心)으로 아주 순박했다. 나는 통탄을 했다. 내 마음이 일그러져 사람의 본질을 제대로 보지 못했구나 싶어서 참회가 절로 들었다. 이제 나는 자유직이자 사회적 백수가 되는 바람에 출근 시간이 달라져 그 아저씨를 자주 보지는 못하지만 가끔 만나면 환한 얼굴로 웃어주고 따뜻하게 인사를 한다. 그러면 그 아저씨 얼굴은 더 환해진다. 그리고 그 부모님을 같이 뵌 적이 있는데 부자이면서도 소탈한 기품이 있어 보이는 것이 도인의 마음 자리였다. 그래서 속으로 '그래, 도인이라서 약간 부족한 아들을 통해 공부를 하는구나.' 생각했다.

우리가 다른 사람의 마음까지 다 들여다볼 수 있는 혜안이 있으면 얼마나 좋겠냐마는 그것이 안 될지라도 섣불리 예전의 나처럼 외적인 편견으로 사람의 진면목을 놓치는 우를 범하지는 않았으면 한다.

그 아저씨처럼 타인에게 먼저 따뜻하게 다가가는 그 마음이 진짜 도인의 마음이다. 지금 이 순간에도 세상 구석구석 얼마나 도인들이 많나. 그러나 심성이 차갑고 착하지 않은 도는 엉터리 도라고 단언한다.

도는 세상 존재에 대한 사랑과 자비심이라 차가움 속에서는 싹 트기 어렵다. 그저 따뜻한 마음과 선량함이 도인의 가장 높은 덕목이다. 그러고 보니 그 아저씨 또한 내 스승이었다. 그래서 지금

은 그 아저씨와 아주 친하다. 멀리서 봐도 진심으로 반가운 인사
를 나눈다.

업의 소멸

업이란 다른 게 아니다. 자신이 지은 모든 것이다. 세상 모든 존재들은 세세생생 지은 업을 소멸하고 도를 통하여 하늘과 소통을 함으로써 신인합일을 이루기 전에는 끊임없이 윤회를 반복한다. 그런데 내가 전생을 들여다보니 현생과 그 습성이 같은 이들이 대부분이었다.

우리가 이번 생에 태어난 이유는 과거 생을 반복하면서 지은 업을 닦기 위해서이다. 그래야 그것을 통해 영혼이 성장하고 하늘로 돌아갈 수 있다. 그럼에도 불구하고 과거의 습성을 그대로 지닌 채 살아간다면 하늘에 닿지 못하고 끊임없는 윤회의 굴레를 벗어나지도 못할 것이다.

내가 자주 가는 식당에서 일하는 아주머니께서 며칠 전 나를 보고 무슨 일을 하냐고 묻길래 이런저런 얘기를 해주었더니 자신의 전생이 뭐였냐고 궁금해하셔서 무장이라고 대답해드렸다. 그랬더니 깜짝 놀라셨다. 자기가 아주 남성적이고 성격도 대쪽같다고…. 그런데 내게 느껴지는 전생은 장수이나 여자를 밝히고 술도 좋아하는, 그러면서도 부하들에게 호통치는 모습이었다. 거기서 이분의 모든 게 나왔다.

현생에도 여전히 술을 너무 좋아하고 남자를 밝히고 주위 사람들에게 지시하는 어투로 말을 해 호불호가 갈리고 그것 때문에 인간관계에도 어려움이 있었다. 무엇보다 얼마 전까지 파스타집을 하다가 4억 이상 날리고 생전 처음 남의 집에서 일을 하니 마음 고생이 심하다고 했다.

나는 단박에 얘기를 해드렸다. 아주머니가 전생에 지은 업 때문에 이번 생에 권력도 돈도 잃게 되었다고. 생을 반복하여 권력과 힘을 갖게 되면 끊임없이 업이 쌓이게 되니 죽고 나서 맑은 영혼 상태에서 대부분의 존재들은 자신의 업을 소멸시키기 위한 삶을 선택하고 계획하게 되기에 현재의 어려운 상황은 당연한 일이라고⋯. 지금의 고통은 아주머니가 전생의 업을 소멸하기 위해 만든 것이지 누가 부여하는 게 아니기에 지금부터가 전생의 업을 닦을 수 있는 좋은 기회이니 일련의 어려움을 통해 자신을 돌아보며 잘못된 모습을 고쳐나가야 하고, 그래서 업이 다 소멸돼야 진짜 제대로 된 돈을 갖게 될 거라고 말씀드렸다. 만약 지금의 고통이 없다면 결코 전생의 업을 닦지 못할 것이니 어려움에 대해 담대해지고 그걸 통해 자신의 습성을 바꾸어나가는 게 중요하다고 강조했다.

아주머니께서 새겨들으시고 자신을 변화시켜나가면 스스로 전생의 업도 닦고 영혼은 진화하게 된다. 그리고 보통 스님 사주라고 하는 사람들을 보면 거의 전생에 승복을 입고 수행하던 이들이다. 전생의 수행을 현생에 이어가며 살아야 하니 역경이 배가 될 수 있다. 사실 우리는 현생의 자신의 모습을 보면 전생의 업을 볼 수 있다. 그래서 타고난 습성을 고쳐야 업을 소멸할 수 있는 거다. 타고난 습성은 전생의 모습 그대로이기 때문이다.

그리고 주위에 있는 대부분의 인연자들은 과거 여러 생의 업과 상관있는 사람들이 많으니 그들과의 관계도 매우 소중하다. 맺힌 업을 풀지 않으면 여러 생을 거듭하면서 얽히고 만나게 된다. 그러니 현재 주변의 인연들에 최선을 다해야 한다.

어떤 이들은 기억도 못 하는 전생 때문에 왜 내가 고통받아야 하냐고 항변하겠지만 자업자득 그것은 불변의 진리이다. 자기가 지은 업을 자기가 받는 건 아주 공평한 우주의 법칙이다. 그리고 육체를 바꿔 태어나면서 잃어버린 기억은 기도 수행을 하면 되찾을 수 있다. 그래서 현재 기억하지 못한다고 내 몫이 아닌 것은 아니다. 그러기에 다들 '자선업 자선득' 하기를 바란다.

기도의 힘

　　　　낮에 제자 녀석이 점심을 먹자고 연락이 와서 흔쾌히 승낙을 했다. 나로서는 짧은 점심 시간을 쪼개서 달려와 준 성의가 무척이나 고마웠다. 점심을 먹으며 속마음을 떨어놓았다. 그 녀석에게는 기도가 절실히 필요한 시점이라 권유했는데 남자아이가 부모님이 계신 집에서 기도를 하는 걸 쑥스러워하길래 신당에 와서 하라고 얘기를 했더니 첫날은 문 앞에서 무척 망설이다가 용기를 내서 기도를 시작했다.

　하루하루 108배를 하고 명상을 하니 차츰 생활이 편안해지고 주변에 짜증도 내지 않고 마음이 너그러워지고 넓어지는 것 같아 너무 좋아서 나한테 감사의 의미로 식사를 대접하고 싶었단다. 기도의 힘이란 그런 것이다. 결국 기도를 통해 자신의 본성을 확인하고 점점 좋은 사람이 되어가는 것이다. 기도를 하는 사람이 도인이다. 기도인.

　산속에서 아무런 외적 고통의 여건이 없는 상황에서 도를 닦으며 평온하고 너그러워지기란 그리 어려운 일이 아니다. 하지만 온갖 갈등이 난무하는 사람들 속에서 기도를 통해 성숙된 자아를 만들어 사랑과 자비의 마음으로 세상을 대하는 도인행이 더 대단한 것이다.

　내게 상담을 하는 사람들 가운데에는 아주 사소한 것들까지 내게 묻고 나를 의지하는 이들이 있다. 속으로 얼마나 힘들면 그렇겠나 싶어서 원하는 바는 무엇이든 대답을 해준다. 하지만 내 진심은 그렇지 않다. 사람의 운명은 큰 테두리만 30% 정도밖에 고정적이지 않고 나머지는 유동적이다. 모든 게 다 정해져 있다면 상담도, 부적도, 기도도 무슨 의미가 있겠나? 이미 정해져 있는데.

하지만 그렇지 않다. 기도란 다른 게 아니라 자신이 세세생생 지은 업을 참회로 소멸시키고 마음을 맑게 집중하여 자신의 모든 문제를 스스로 해결할 수 있는 힘을 갖는 것이다. 누군가에게 의지하는 게 아니라 자신의 깊숙한 내면을 들여다보고 자신에게 일어나는 모든 일 들의 의미를 깨닫고 그걸 이해하고 해결해나감으로써 영혼이 성장해가는 힘을 얻는 도구인 것이다. 그 과정에서 자신의 신과 하나가 되고 하늘과 소통할 수 있게 된다.

그리고 기도를 하면서 자신의 운명을 변화시키고 만들어가게 된다. 그렇다. 기도를 통해 운명은 충분히 달라진다. 나는 세상 사람들이 그렇게 성장해나가길 진심으로 바란다. 그리고 나아가 모든 이들이 기도를 통해서 행복하게 살 수 있게 되기를 간절히 하늘에 발원한다.

이건희

　　나는 한 번에 사람의 전체를 보기에 세상 사람들과는 사람을 평가하는 게 좀 차이가 날 것이다. 아마 나를 만난 이들 중 몇 분은 알 것이다. 내가 이건희를 살려주고 싶어 했음을…. 이건희 본인의 마음과는 별개로….

　그가 세상을 떠나기 이틀 전 꿈을 꾸었다. 10월 23일에 하늘에 비행기 한 대를 조종사가 몰고 가는데, 순간 조종사의 됨됨이와 능력이 느껴졌으나 글에서는 언급하지 않겠다. 그런데 비행기를 혼자 몰고 가다가 갑자기 180도 반대로 방향을 틀더니 땅으로 추락하는 게 아닌가? 비행기가 시가지로 떨어지면 큰일이겠다 싶었는데 다행히 인적이 없는 갈대숲 같은 곳으로 떨어져서 세상에 큰 피해나 영향을 미치지 않을 것 같았다.

　생전 처음 꾼 꿈이라 의아했는데 이틀 뒤 이건희가 세상을 떠났다는 소식을 들었다. 혼자서 애도를 하며 여러 생각을 했었다. 누군가에게는 부러움의 대상이었을 수도 있겠지만 내게는 세속에 있을 때부터 언제나 안쓰러움의 대상이었다. 그에게 지워진 짐의 무게가 엄청나게 느껴져서 안타까웠다. 그런데 지금에 와서 보니 그는 이 나라의 번영을 위해 하늘에서 내려온 신이다.

　그 후, 이듬해 10월 23일에 또 이건희 꿈을 꾸었다. 방에 이재용이 들어오길래 침대에 누워있는 이건희를 꼭 살려 주겠다고…. 옆에는 SK 최태원과 한 남자가 있었는데 나를 보고 수학 문제를 풀라고 했다. 나는 2문제를 풀어 주었다. 그래서 나는 하늘에 돌아간 이건희를 다시 내려보낼지 아니면 그가 신적 존재였음을 세상에 알려줄지를 생각해보고 있다. 이건희는 대한민국을 위해 내려온 선신이었다. 그러니 악마들이 기승을 부리던 시기에 어찌 삼성이 어렵지 않을 수 있겠나?

내가 2018년 블로그에 기도를 시작하면서 하늘의 변화에 대한 내용에서 삼성(★★★)이 빠르게 움직이는 걸 보았던 것에 대해 묘사한 글과 그림이 있다. 이것이 실제 삼성 기업과 무관하지 않다. 삼성은 대한민국을 살리기 위한 기업이고, 악의 무리들은 대한민국의 국민들을 지배하고 억압하기 위한 목적을 실현하는 이들이니, 그야말로 상극이다.

이건희가 무노조 경영을 한 것은 그것이 하늘의 길이고, 신의 한 수였다. 어쨌든 그가 신이었기에 삼성에 노조를 만들지 않았었다. 이미 노조가 후일 악에 의해 점령될 줄을 알았던 것이다.

항상 이야기했지만 사회적 약자라는 것은 없다. 하늘 아래 모든 존재는 똑같다. 물론 하늘에 가면 서열이 엄청나다. 하지만 인간 세상에서는 모든 존재들이 각자 자신의 업에 따라 삶의 모습과 여러 지위, 역할들이 다르지만 본질적으로는 똑같다.

하여간 악의 무리들 입장에서는 삼성과의 싸움은 신들의 결전이니 어찌 치열하지 않을 수 있겠나? 그래서 그동안 삼성이 여러모로 시련을 많이 겪었다. 하지만 이제 곧 삼성에게 봄날이 올 것이다. 악의 우두머리가 처단되고 나면 삼성이 다시금 웅비하는 때가 오게 된다. 그래서 나는 한 번씩 이건희 생각을 하게 된다. 그가 왜 누워있는 삶을 선택했을지를….

하나만 덧붙이면 재벌이란 전생에 복을 많이 지어서도 아니고, 그릇이 커서도 아니다. 다만 자신의 역할일 뿐이다. 그 지위가 사람의 본질을 결정하지 않는다. 누구든 자신이 행복한 일을 하면 되고, 자신에게 주어진 일을 진심과 최선으로 노력하면 되는 것이다. 그래서 이재용이나 우리 동네 폐지 줍는 할아버지나 하는 일이 다르지 않다. 일의 규모를 떠나서 각자 자신의 역할을 잘 해내면 되는 것이고, 그 안에서 행복하기를 나는 바랄 뿐이다.

자 살

　　자살은 어떤 경우에도 미화될 수 없다. 삶의 굽이굽이 힘들지 않고 고통스럽지 않은 사람이 누가 있겠나? 다 자기 몫을 묵묵히 감내하며 짊어지고 있는 것이다. 내가 앞으로 하고 싶은 일 가운데 자살 방지와 관련된 부분이 있는 것은 자신이 세상에 올 때 지니고 온 업과 공부거리는 자기만이 해결할 수 있고 그것을 다 이루어내야 영혼의 성장에 다가갈 수 있고 하늘로 돌아갈 길이 열리기 때문이다.

　자신의 몫을 두고 중도에 목숨을 끊어버리면 결국 영혼이 구천에서 떠돌아다니며 헐벗은 상태로 영적으로 연결된 이들에게 악영향을 끼치게 된다. 가족에게 미안하다는 게 진심이라면 결코 자살해서는 안 된다. 살아남은 가족이 자살한 이의 잘못까지 감당해야 하기에 죽어서도 비겁한 행동일 뿐 아니라 결국 자살한 이로 인해 현실 세상이 힘들어진다. 누군가에게 악영향을 미치고 그런 존재들이 잡신이 되기도 한다. 죄의 대가는 자기가 책임지는 게 정정당당한 것이다. 생각은 신중하고 행동은 바르게 그리고 결과에 대한 책임이 필요하다.

세상은 공평하다

인간들은 겉으로 드러난 사회적 지위나 부, 학벌을 고려해서 불공평하다고 생각하지만 세상은 무척 공평하다. 인간들은 껍데기로 사람을 판단하지만 하늘이 인간을 볼 때는 오직 본성만을 보기 때문이다.

어느 날 신문 기사를 보며 마음 아팠던 일이다. 41살의 다운증후군 아들을 돌보던 70대의 할아버지가 뇌경색인 자신의 상황 때문에 더이상 아들을 돌보기 어렵게 되자 아들을 망치로 내려치고는 유언장을 쓴 다음 자신도 수면제를 먹고 자살을 시도하다 미수에 그쳤으나 법원은 3년 징역에 집행유예 5년을 판결했다. 그 아들을 돌보던 40여 년의 세월 동안 얼마나 힘들었겠나? 그분이 겪었을 삶의 고통이 내게 전해지는 것 같아 마음이 편치 않았다. 그 오랜 세월 동안 마음에는 억울함과 분노와 상실감이 가득했을 것이다.

그냥 그분에게 따뜻한 위로를 전하고 싶다. 그리고 들려주고 싶다. 천지 우주의 섭리 가운데 변치 않는 진리가 자업자득이라고…. 자신에게 주어진 모든 것들은 세세생생 자신이 만든 업의 결과물이다. 그 업은 억지로 삶을 끝낸다고 소멸되는 것이 아니다.

모든 사람들은 자신의 업을 닦기 위해 현재의 삶을 선택한 것이다. 다만 영혼의 상태에서 자신이 설계한 것을 육신이 바뀌면서 망각하는 것이다. 허나 이것도 기도 명상 수련을 하면 스스로 깨닫게 되고 알게 된다. 결국 모든 운명은 자신이 만든 것이니 억울해할 일도, 분노에 차서 원망할 일도 아닌 것이다.

간혹 천계에서 온 이들 가운데 영적 성장을 위해 의도적으로 장애나 역경을 설계해서 세상에 온 이들도 있다. 나도 이미 상담을 하며 이런 이들을 여럿 만났었다. 하지만 대부분의 사람들은 공평한 우주의 법칙 속에서 자신이 행한 대로 받으며 살고 있다. 그러니 자신에게 닥친 어려움이 있거든 그것을 업의 소멸의 기회로 생각하고 기꺼이 최선의 노력을 다해야 할 것이다. 그것이 바로 하늘이 원하는 바이다.

군산 꿈

이 길을 가게 되면서 내가 조금은 남다르다고 생각은 했지만 어느 날 꾸었던 군산 꿈을 통해 처음으로 왕의 존재라는 것을 깨닫게 되었다. 군산이란 임금이 머무르는 산을 의미한다. 그 꿈에서 내가 군산에 갔는데 시가지 로타리 학교 부근에 집을 얻지 않고 꼭대기에 얻겠다고 했다. 그러자 그다음부턴 오직 오르막길 만 펼쳐졌다. 오르막길을 쭉 올라가면서 많은 체험을 했는데 어느 순간 꼭대기에 올라가니 너무나 아름다운 집들과 그곳에서 즐기는 사람들을 만나면서 '아! 사람들이 여기로 와서 살면 좋겠다.'라는 생각을 하였다. 그리고 나는 더 올라갔다.

그러자 도로가 끊어지는 맨 꼭대기의 가운데에 서게 되었는데 아래를 보니 흘러가는 물과 기암절벽이 무척 아름다웠고, 그걸 보면서 군산이 너무 멋지다는 생각을 했다. 그때 도로 양옆에는 사람들이 난간을 잡고 있었고 나는 도로 맨 끝의 가운데에서 사람들이 저렇게 꼭대기에 마구 서 있다니 참 겁도 없다는 말을 하며 힘들게 일어섰다.

이 꿈을 꾸고 나서 나는 그곳이 천국이라는 걸 알았고, 그곳에서 겁 없이 하늘을 빙자하여 서 있는 사람들이 꽤 많다는 것도 느꼈다. 그리고 그 가운데, 말 그대로 임금 자리에 서려면 아주 힘들다는 것도 깨닫게 되었지만 결국 설 것이다.

천국 꿈

내가 만난 사람들 중 천국에 갈 수 있는 이들은 공통적으로 엘리베이터 꿈을 꿨다. 그 아이도 역시 그런 꿈을 꿨는데 꿈에서 여러 사람과 엘리베이터를 탔는데 다들 중간에서 내리고 혼자만 타고 올라갔는데 엘리베이터가 1,000층에 섰단다. 거기서 내려서 한 층을 더 올라가니 내가 있더란다. 그래서 인사를 하고 보니 사람들이 아주 즐겁고 행복하게 있는데 그중에 아픈 사람들이 있길래 내가 운동을 시키니 병이 나아서 얼굴이 환해졌다고 했다. 깨고 나서도 아주 기분 좋은 꿈이었다고 얘기를 했다. 나는 그 꿈 얘기를 듣고 축하한다고 했다.

그곳은 바로 천국이다. 모든 이들이 간절히 원하는 하늘나라인 것이다. 꿈에서 사람들이 중간에 타고 내리는 것은 자신의 영적 단계에 맞는 층에서 타고 내리는 걸 의미하는 것이고, 1,000층은 천국을 뜻한다. 그곳이 바로 모두가 도달하고 싶은 곳이 아닐까? 그러나 거기에 가려면 인간의 마음을 갖고는 안 된다. 천국은 하늘의 마음을 갖고 있어야 갈 수 있는 곳이다.

첫 이씨 꿈

내가 이 꿈을 꾸었던 게 2018년 12월의 일이었다. 난생 처음 독특한 꿈을 꿨다. 하늘에서 신들이 전쟁을 벌인 것이다. 내 옆에 슈퍼맨, 베트맨 같은 남자 둘이 서 있었는데 그들은 선신이었다. 그중에 왼쪽에 있던 슈퍼맨이 큰 검을 들고 날아올라서 도망가는 악신의 우주선 밑바닥을 가르면서 전투가 벌어졌다.

그때 우주선 안에는 운전하는 한 남자와 지휘하는 듯한 남자가 있었는데 시간이 흘러 나중에야 그게 이재명인 걸 알게 되었다. 그가 우주선을 타고 가는 정도면 굉장한 악신인 것이다. 그 싸움은 거기서 그치지 않고 인간 세상까지 내려와 전투를 이어가서는 결국엔 선이 이겼다. 그걸 보면서 나는 '아! 이제는 선(善)신들의 세상이 펼쳐지겠구나.'라는 생각을 했다.

지금까지는 악(惡)신들도 힘을 발휘하고 세력을 키워갔기 때문에 그 영향을 받는 사람들도 승승장구할 수 있었다. 예전에 어떤 아주머니를 보니 온통 기운이 검어서 무섭다는 생각까지 들 정도였는데 악신의 영향력을 받고 있어서 심성은 악했지만 바라는 모든 일은 악신의 파워로 다 이루어내고 있었다.

하지만 이제는 더이상 아니다. 악신들이 힘을 발휘하기 어려운 세상이 펼쳐지게 된다. 이제 하늘과 신명 세계의 이런 변화가 인간 세상까지 영향을 끼치게 될 것이다. 그러니 앞으로는 더욱 선한 마음을 갖고 살아야 한다. 착한 사람이 복 받는 세상이 아름답고 건강한 세상 아니겠나?

그러나 내가 이미 2018년 꿈에서 보았던 전투가 아직도 이어지고 있다. 하지만 결과는 이미 정해져 있다. 선이 승리한다고….

두 번째 이씨 꿈

내가 그의 꿈을 두 번째 꾼 것은 찾아보니 2020년 11월 30일의 일이었다. 나는 무서워서 골목 안에 숨어 있다가 어떻게 되었는지 궁금해서 고개를 내미니 그가 머리에 둥근 걸 쓴 우주인 6명에게 잡혀가는 게 아닌가? 그리고 나서 내 귀에 할아버지의 목소리가 들렸다.

"야야! 이제 다 끝났다."

악마의 우두머리인 그가 우주에서 반란을 일으키면서 오래도록 선과 악의 영적 전쟁이 전개되다가 결국 잡혀가면서 모든 것이 끝나게 되었다. 그가 잡혀가고 나서 나는 거리로 나와서 달려온 택시 기사를 따라 집으로 돌아가면서 그 꿈은 끝이 났다. 실제로도 그렇게 될 것이다. 그가 어떻게 잡혀가는지를 지켜보면 된다. 이것은 한 개인의 일이 아니라 그동안 치열하게 벌어진 선과 악의 필사적인 전쟁에 관한 내용이라서 글을 써서 밝히는 것이다.

그러나 그가 잡혀간다고 해서 세상에 모든 벌레들이 사라지는 것은 아니다. 벌레의 번식력은 엄청나서 끊임없이 늘어난다. 그러니 스스로 벌레 같은 존재가 되지 않으려면 항상 하늘의 가르침에 마음을 열어야 할 것이다.

다가올 세상에 관한 꿈

2018년 겨울 어느 날 꿈에서 어떤 남자와 흙길을 걷고 있는데 온통 파헤쳐지고 울룩불룩 굴곡이 너무 심했다. 마치 사람들이 겪은 어려움처럼 힘든 길이었다. 그런데 그 길의 끝에 이르렀을 때 눈앞에는 아스팔트 포장도로가 펼쳐져 있고, 여러 명의 아주머니들이 지나가길래 길이 왜 이리 험하냐고 여쭈어보니 땅속에 새로운 상수도관을 매설하려고 공사를 하고 있었다고 얘기를 하길래 보니 엄청나게 크고 둥근 새 관이 보였다. 그걸 보면서 꿈에서도 나는 '옳거니, 그동안의 험한 길이 새 삶을 위한 과정이었구나.' 하고 생각하면서 잠에서 깼다.

이제 곧 그동안의 험한 길이 끝나고 새로운 세상이 펼쳐질 것이다. 그래서 간곡히 부탁드린다. 자신의 일상에서부터 선한 마음으로 바르게 살며 따뜻한 삶을 살기를…. 사람이 살아서나 죽어서나 그리 성품과 습성이 다르지 않다. 살아서 좋은 마음과 언행을 생활화해야 죽어서도 그 지혜가 밝아진다. 모든 이들의 삶에서 눈부신 성장이 있기를 온 우주가 간절히 바란다.

2019년 12월 25일 하늘에서 신들이 내려오다

2019년 12월 25일 예수님이 이 땅에 오신 날 새벽에 꿈과 생시의 경계인 듯한 지점에 하늘에서 내려온 세로 모양의 굵은 직선 구름들이 예닐곱 줄 보이면서 하늘과 땅이 연결됨을 보았다. 이는 곧 하늘의 이치로 인간의 땅 지구 세상이 돌아감을 의미한다. 그 가는 줄이 늘어나고 나아가 하늘과 땅이 온전히 하나로 하얗게 이어지면 그게 천지개벽의 출발이다.

그리고 이제 진짜 하늘의 역사가 시작되었다. 그 시작의 첫날이 바로 2019년 12월 26일이었다. 12월 26일부터 새로운 세상, 하늘의 역사가 시작되었다. 지금까지 누차 강조했지만 하늘의 이치는 곧 착할 선(善)이다. 그것이 곧 하늘의 마음이기 때문이다. 이제는 선한 마음을 갖지 않으면 삶이 아주 고통스러워진다. 이번이 수천 년 만에 하늘이 주는 기회의 시간이기 때문이다. 이제 12월 26일부터 새로운 하늘의 역사가 시작되었다.

이미 신들의 전쟁은 끝났다. 천지 우주는 선이 지배하는 세상이 되었다. 앞으로 펼쳐질 세상은 선한 진심을 갖지 않으면 신들의 철저한 응징을 받게 된다. 지금 일어나는 모든 일은 말세를 딛고 새로운 세상을 위해 하늘이 펼치고 보여주는 역사다. 앞으로 두고 보라. 새로운 세상에서는 오직 선한 자만이 하늘의 선택을 받게 될 것이다.

하늘의 역사가 시작되었다는 것이 가장 중요한 천기누설이다. 그러니 부디 하늘의 마음으로 살기를 바란다. 이제 인간의 어리석은 탐욕으로 살면 곤란하다. 내가 진정으로 바라는 것은 세상이 아름다워지고, 중생들이 행복해지는 것…. 그래서, 천국에 이를 수 있도록 이끌어주는 것이다. 세상의 혹세무민이 전부 사라지고, 모든 존재가 구속과 억압에서 해방돼서 자유로워지고, 궁극적으로 자신이 천지 우주의 주인이 되며, 진정한 행복을 찾을 수 있는, 나아가 나의 소명은 모든 존재를 하늘로 돌아가게 하는 것, 하지만 그 방법은 오직 선임을 명심해라. 껍데기의 선이 아닌 진심의 선함….

답을 주었으니 앞으로는 나를 찾아올 필요가 전혀 없고 따를 이유는 더더욱 없다. 각자의 모든 마음은 즉시 하늘로 통하는데 누구를, 무엇을 거친단 말인가? 그것이 진리다.

업을 닦는다는 것

우연히 예전 직장 선배에게 건강 유의하라고 말을 했었는데 당사자는 그저 나이를 고려한 그냥 일반적인 얘기로 들었는데 우연히 폐 CT를 찍다가 건강에 이상을 발견하고 삼성 병원에서 검진을 하셨다고 하시면서 고맙다고 하셨다.

나를 찾아오는 어떤 이들은 내가 상담을 하면서 이런저런 얘기를 하니 그냥 보편적인 조언으로 듣기도 하는데 나는 그런 얘기를 하지 않는다. 상담할 때는 오로지 그의 본신을 느끼고 떠올리고 집중하면서 하늘이 이 사람에게 어떤 가르침을 주기를 원하는지에 오롯이 몰입한다.

일반적인 세상사 얘기가 아니다. 다만 그의 근기와 여러 가지를 고려하여 어떻게 풀어가느냐지 일상의 조언과 덕담이 아니다. 그리고 가끔은 차마 다 얘기하지 못하는 부분도 있다. 전생에 종이라면 누가 듣고 즐겁겠나? 현재 삶에 필요한 얘기나 그의 어려움을 해결하는 방법이나 삶의 목적, 고난의 이치 등을 말해주려고 한다. 그래서 괜히 누군가에게 건강에 유의하라는 얘기를 하지는 않는다.

하여간 그게 고마워서 나를 찾아오셨는데 이야기를 하는 도중에 돌아가신 그분의 어머님이 느껴지시면서 "이제 빚을 다 갚았다. 편히 살아라."라는 말씀을 하셨다. 전생을 들여다보니 어머니와는 다소의 악연으로 빚을 받으러 오신 분이셨다. 그럴 때 여느 사람 같으면 생전에 모자 관계가 좋지 않은 경우가 대부분이다. 하지만 이분은 워낙 심성이 반듯하신 분이라 셋째 아들임에도 어머니를 모시며 마지막까지 최선을 다하셨다. 사실 전생의 악연이면 현생에서도 대할 때 마음이 절로 불편한 경우가 있을 텐데도 본인의 성품을 바탕으로 자식 된 도리를 다한 것이다.

그래서 전생에 의도치 않게 지은 자신의 악업을 효도하는 선행으로 갚은 것이다. 그리고 어머니께 지은 빚을 다 갚기 전에는 여러모로 삶의 어려움이 있었을 것이다. 하지만 악업을 소멸시켰으니 어머니가 돌아가신 이후로 승진도 하고 앞으로도 좋은 일이 많을 것이다. 이후의 삶은 본인 노력한 만큼 그 대가를 얻을 수 있기 때문이다.

세상사를 보면 이렇게 자신의 악업을 선업으로 소멸시키는 이들이 그다지 많지 않다. 대부분 전생의 원한을 살인으로. 폭행으로. 사기로. 약탈로 되갚음하려고 한다. 그러면 세세생생 원한의 고리를 끊지 못하고 서로 주거니 받거니를 반복하게 된다.

몇 달 전 어떤 분을 보니 가족과 벌써 3생 째 악연으로 얽혀 있어서 안타까웠다. 자신이 지은 과거의 악업은 반드시 갚아야 한다. 하지만 그것을, 악업을 되풀이할 게 아니라 현생에서라도 소멸시키려면 기도 명상으로 자신을 맑게 하여 본성을 선량하게 닦고 자신과 인연 닿는 모든 이들에게 도리와 본분을 다하며 이해하고 용서하고 배려하면 그와 나의 전생의 고리를 깨닫지 못하더라도 어느 순간 절로 소멸된다.

나는 세상 사람들이 그렇게 악연과 악업을 소멸하기를 바란다. 지금 현재 내 주변에 있는 이들이 대부분 나와 인과관계가 있는 이들이니 그들에게 좋은 사람으로 최선의 도리를 다함이 어떨지.

여담 삼아, 그분과 한참 대화 도중 과거 생에 지게에 나무를 한 짐 지고 절에 갖다 주는 게 떠올랐다. 그런 말씀을 드리니 본인이 예전 IMF 당시에 3,000만 원 전세 아파트에 살았는데 경제 위기가 오면서 전세 시세가 2,000만 원으로 떨어지고 집주인은 도망가 버리고 이사도 못 가는 난감한 상황이 벌어졌는데, 친목회 여행 중 제주도 어떤 동굴 앞에 불상이 있길래 2천 원을 빌려 놓고 절을 했는데 그날 오후 부동산에서 연락이 왔단다. 누가 3,000만 원에 세를 들어오겠다고. 혹시 사기가 아닌가 싶었는데 경찰서 관사용이었단다. 그래서 운 좋게 이사를 갈 수 있었다고 하셨다. 아마도 전생에 절에 나무 한 짐이라도 본인 정성껏 시주 보시한 공덕의 대가였으리라.

그 공덕의 대가는 부처님이 주는 것도 절에서 내리는 것도 아니다. 본인의 심성이 바르면 그의 신명들이 더불어 원력이 강해지는 것이다. 그래서 세상에는 절대 공짜가 없다. 다 진심의 이치로 돌아가는 것이다.

세상 사람들이 그 이치를 알면 자신의 심성을 닦는 데 게을리하지 않을 텐데…. 안타깝게도 아직은 그 이치를 제대로 헤아리지 못한다. 그것도 내 탓이려니 생각한다.

진정한 재산

갑자기 나를 찾아온 인연자가 있었다. 문을 열고 내 얼굴을 빤히 보더니 자신을 다 읽고 있지 않느냐고 내게 말했다. 나는 대답을 않고 빙긋이 웃었는데 자리에 앉더니 자신이 살아온 이야기를 늘어놓았다.

평소 인간을 긍휼히 여기는 마음으로 항상 주변에 있는 이들에게 희생과 봉사로 일관된 삶을 살아온 분이었고, 그렇게 살다 보니 재산도 사라지고, 몸도 마음도 고달프다는 이야기를 했다. 나는 이미 그분이 어느 정도의 근기를 지닌 분인지 알아보았다.

그런데 한참을 듣던 내 입에서 나온 이야기는 평소 내가 누군가에게 하던 이야기가 아니었다. 말의 신중함에 대해 한참 공부를 하고 있는 중이었음에도 불구하고…. 그분에게 대뜸 힘든 삶에 대한 공감의 표현이 아닌 나한테 그렇게 앓는 소리 안 해도 된다는 말이었다.

왜냐하면, 그분의 그런 삶 덕분에 본신의 공부가 엄청나게 돼서 신계에서 제법 등급이 높았다. 이미 인간 세상에서도 다른 사람들과 같이 땅에 발을 딛고 서 있는 형국이 아닌 다른 사람들보다 높은 위치에서 마치 공중부양한 자세로 가부좌를 틀고 아래를 내려다보는 모습이었다.

그래서 그분에게 당신은 이번 생에 인간 세상에서 선행으로 살아오며 몸이 고달픈 덕분에 하늘에 엄청난 재산을 쌓았으니 어쩌면 작은 것을 버리고 큰 것을 얻었고, 이미 본인도 그걸 알고 있다는 얘기를 했다. 또 본인의 근기가 그렇다 보니 가끔은 하찮은 것에 욕심내는 인간들의 사는 모습이 한심하게 느껴지기도 하지만 그래서는 안 된다고 정곡을 찔렀다.

인간들은 전부 저마다의 삶의 공부를 하고 있는 것이기에 그러고 나서는 그분이 평생 살아오면서 혼자서 속으로만 생각하던 것들을 쭉 이야기하니 내 앞에서 눈물을 흘리셨다. 그동안 자신의 속마음을 헤아리지 못하는 이들 때문에 마음고생이 심했을 터라 충분히 이해가 되었다.

내게 찾아온 이유는 현재 동거하는 남자와 헤어질지 말지를 묻고자 온 것이었다. 그런 경우에 그 남자가 전생의 업과 관련된 인연이라면 웬만하면 그와 살면서 업을 풀어야 하지만 그 남자는 이번 생에 공부거리였을 뿐이었다. 그럴 때는 본인의 자유의지가 굉장히 많이 좌우하기에 살지 말지를 스스로 결정하면 된다. 나는 그분에게 같이 사는 남자의 됨됨이와 그릇이 평균 이하이기에 너무 힘들면 살지 말고 다른 공부로 영적 성장을 도모하면 된다고 일러주었다.

내가 이 길을 가는 것도 행복하기 때문이듯이 나는 세상 모든 존재들이 행복하기를 진심으로 바란다. 나는 그분 정도의 마음자리를 가진 분이 얼마나 힘들었으면 내게 의지하고자 할까를 생각하며 안타까웠다. 그런데 한참을 이야기를 나누다가 자신이 그 사람과 끝까지 살아야겠다고 내게 강한 의지로 이야기하는 것이 아닌가?

나는 그 의사를 존중한다고 했다. 왜냐하면, 많은 이들을 위해 봉사하는 삶보다 한 사람의 인간 구제를 위한 일이 결코 가치가 낮다고 할 수 없다. 아울러 진정으로 사랑하며 헌신한다면 가족을 위한 헌신이 이웃을 위한 헌신보다 낮은 차원의 헌신이 절대 아니다. 세상 모든 사랑과 헌신, 봉사는 다 제각각 의미와 가치가 있다.

장시간 이야기를 나눈 그녀는 대화 속에서 자신의 생각과 의지를 정리해나갔다. 스스로 판단하고 결정해주니 내게 얼마나 고마운 일인지 모른다. 마지막으로 나는 그분에게 당신은 비록 평생 이웃과 스쳐 가는 인연자들을 돌보느라 재산도 잃고, 몸도 아프고 지쳤지만 그 덕분에 하늘에 소멸되지 않는 진정한 재산을 듬뿍 쌓았으니 얼마나 값진 삶인가 하면서 격려를 해주었다.

어리석은 이들은 잠시 살다가는 이승에서 돈에 아웅다웅거리며 집착하지만 현명한 이들은 하늘에 영원한 재산을 쌓고 있으니 진짜 욕심쟁이인지 모른다. 그래서 이상하게 처음부터 그분에게 다 알면서 왜 내게 넋두리를 늘어놓느냐고 반문했는지도 모른다.

그래도 이런 인연자를 만나는 날은 아주 가끔 받는 선물이나 칭찬 같은 느낌이 든다. 세상을 아름답게 만들고 사람들을 행복하게 변화시키는 일을 구석구석 숨어서 하고 있으니 내게는 축복인 셈이다.

가르치며 배운다

2018년 마지막 날 전화가 왔다. 새해 첫날 방문해도 되겠느냐고. 그래서 괜찮다고 했더니 멀리 순천에서 두 분이 오신다고 하셨다. 아침 첫차를 타고 와서 오후에 내려가셔야 하니 나를 만나러 오기 위해 온전히 하루를 보내는 셈이었다.

이미 통화하면서 그분을 느꼈다. 내가 상대에게 처음 드는 느낌이 상담을 하기 위해 가장 중요한 부분이다. 그렇기에 나는 오기 전에 그분을 읽고 미래를 보며 어떻게 문제를 해결하고 어떤 이야기를 들려줄지를 미리 생각한다.

한 분은 수호신 할머니가 함께했고 한 분은 전생에 무당이었다. 두 분 다 기운이 맑았는데 큰 절에서 공양주 보살을 하고 있는 분이었고 마음공부의 인연으로 만난 분들이었다. 두 분 다 평소에 기도를 많이 하는 분이었는데 무당을 했던 전생 이야기를 들려주었더니 본인이 무당 방울을 받는 꿈을 3일 연속 꾸면서 어렴풋이 느꼈고, 내가 그 이전의 생에서는 동자승으로 있으면서 영특하게 수행을 많이 했다고 하니 어쩐지 예전에 기도하는 중에 눈앞에 동자승이 보이는데 얼굴이 자신의 모습이었다고 했다.

내가 구태여 이분들의 이야기를 하는 이유는 이렇듯 누구나 기도 수행을 열심히 하면 자신의 전생도 들여다볼 수 있고 삶의 지혜도 맑아진다는 말씀을 드리고 싶어서이다.

상담을 하는 중에 내게 어떻게 기도를 하면 되느냐고 묻길래 이제는 염불 기도가 아닌 명상 기도를 해보시기를 권유했다. 고요한 내면 속에서 자신의 참모습과 삶의 소명을 발견하여 영적 성장을 이루기를 바랐다. 다행히 두 분 다 순천으로 돌아가서 그날부터 새마음으로 기도를 시작하셨는데 나는 그날 밤에 두 분의 꿈을 꾸었다. 알에서 여자아이 두 명이 깨어나서 우는 모습이었다. 그래서 이제 새롭게 알에서 깨어났으니 앞으로는 조금씩 성장하겠구나 싶어서 흐뭇했다.

　　다음 날 두 분 다 연락을 해오셨는데 그중 한 분이 내게 보내오신 문자에 나를 감동시킨 구절이 있었다. 이제 삶의 목적과 방향을 깨닫게 된 것 같다고…. 그게 바로 나의 존재 이유이기에 새해 첫날 인연을 통해 큰 기쁨을 얻었다.

검은 우산 꿈을 꾸고

　　꿈에 우산이 날아가길래 얼른 달려가서 잡았는데 잡아서 접고 보니 검은색이 선명하게 눈에 들어오고 그걸 보고는 내가 우산살이 너무 가늘고 약하다는 말을 했다. 좋지 않은 기분이 드는 꿈이길래 꿈을 꾸고 나서 찜찜했는데 아무리 생각해도 주변의 누구에게 해당되는 일인지를 찾기가 어려웠다.

　그러다가 낮에 조카를 데리고 대구 신세계백화점 9층 아쿠아리움에 다녀왔는데 9층에서 8층으로 내려오는 에스컬레이터를 타려고 하는데 극장이 있는 층이라서 그런지 유난히 폭이 좁고 아주 길고 경사가 급했다. 그런데 앞에 젊은 여자가 유모차 진입금지 표지를 무시하고 한 손에는 3살 정도의 여자애를 잡고 다른 손으로는 아들을 태운 유모차를 끌고 내려가려고 하는 게 아닌가? 그런데 딸을 먼저 태우고 본인이 타려고 하는데 에스컬레이터에 유모차 바퀴가 끼어서 허둥거리다가 소리를 마구 지르며 움직이는 에스컬레이터에 낀 바퀴 때문에 양팔이 벌어지니 딸의 손을 놓치게 되었다. 어린 여자아이가 뒤로 굴러떨어질지 모르는 아찔한 상황을 눈으로 보게 되니 좀 떨어진 뒤편에 서 있던 나도 깜짝 놀라서 절로 '악' 소리가 나면서 동시에 나도 모르게 몸이 움직여져서 에스컬레이터를 뛰어 내려갔다. 혹시 그 사이에 아이가 뒤로 굴러떨어질까 싶어 얼마나 마음을 졸였는지 모른다. 뒤로 넘어지며 휘청거리는 아이를 잡아서 안았는데 여자아이의 자그마한 심장이 콩닥거리며 뛰었다. 얼마나 놀랐을까를 생각하니 마음이 아파서 계속 괜찮다는 말을 해주었다.

정말 하마터면 내 눈앞에서 천사 같은 작은 아이가 뒤로 굴러떨어져 죽는 걸 볼 뻔했다. 아이 엄마가 연신 고맙다고 고개를 숙이는 바람에 다음엔 절대 이런 상황을 연출하지 않도록 유모차 끌고 에스컬레이터를 타지 말라는 얘기를 차마 할 수가 없었다.

공교롭게 그 에스컬레이터 근처에 우리와 그들만 있어서 주변에 도움을 줄 수 있는 다른 사람들은 아무도 없었기에 다시 생각해도 너무 아찔하고 끔찍한 상황이었다. 나중에 꿈을 다시 떠올려보니 그 우산살이 마치 그 여자아이처럼 가늘고 약했다.

검은 우산이 그냥 내 앞에서 날아가 버렸으면 어쩔 뻔했나? 꿈에서처럼 나도 모르게 달려가서 해결했기에 다행이지 하마터면 정말 슬프고 안타까운 날이 될 뻔했다. 어쨌든 생각조차 싫은 끔찍한 일을 겪지 않게 미리 꿈을 통해 알게 하신 신에게 감사드릴 일이다. 작고 사랑스러운 여자아이가 놀란 일은 다 잊고 밝고 건강하게 크기를 빌어본다.

욕심을 내려놓는 삶

　　우연히 TV 특종세상이라는 프로를 보고 깊은 감명을 받았다. 86살의 할아버지가 산에서 혼자 살고있는 모습을 보여주었는데 군대에서 중사로 전역한 후 집으로 돌아가 보니 아내와 자식들이 사라지고 가진 게 없어서 산속에 땅을 파고 그 위에 슬레이트 몇 장을 덮어서 50년째 살고 계셨다. 방이라고 해봐야 낡은 이불 덮고 몸 누일 공간이 전부이고 그 옆 부엌은 솥 하나 걸었는데 창문이 없어 환기가 제대로 되지 않아 할 아버지는 방독면을 쓰고 아궁이에 불을 때셨다.

　전기도, 수도도 없으니 사용 요금 낼 일이 없고, 텃밭에 본인 먹을 채소들을 농사지어서 일 년 내내 먹고 남으면 시장에 내다 파는 정도가 할아버지 생활의 전부였다. 그야말로 나무와 바람과 숲이 친구인 소박한 자연인의 모습이었다.

　그런데 나를 감동시킨 부분은 따로 있었다. 촬영 중 산 아래에 사는 마을 이장이 찾아왔는데 할아버지가 연세가 많으시고 소득이 전혀 없으니 기초생활수급자를 신청하자는 용건이었다. 그런데 할아버지는 단호하게 아직은 안 한다고 거부를 하는 게 아닌가? 이장님이 다른 사람들은 서로 신청하려고 난리인데 왜 안 하느냐고 간곡히 말씀드려도 요지부동이었다.

　보는 내 마음도 할아버지께서 지원을 좀 받으셔서 비라도 제대로 피할 수 있는 거처를 만들었으면 하는 바람이었지만 할아버지는 거절을 하셨다. 그 모습을 보니 어디 산 중 도인이 따로 있는 게 아니었다. 가족, 친지, 친구가 아무도 없어서 혼자 쓸쓸할 수도 있지만 인연의 업을 짓지 않으니 얼마나 청정한 삶이겠나? 남에게 공덕을 강요하고 공짜로 수행자 노릇하며 업을 쌓아가는 엉터리 성직자도 많은 요즘에, 그리고, 이 우주 법계에 단 하나도 불공평한 건 없고, 공짜는 없다는 이치를 모르고 항상 남의 것을 탐하고, 지원받는 것이나 해주는 것을 가볍게 생각하는 어리석음이 판을 치는 세상에 할아버지는 아무 욕심이나 집착 없이 50년을 한결같은 모습으로 자연과 함께 정직하고 단순하며 소박하게 사는 수행자의 삶을 보여주셨다.

수행자가 어디 달리 있겠나. 마음과 생각과 일상이 하나로 돌아가면 그게 바로 수행이 아닌가? 나는 길거리에 수도 없이 늘어가는 상가 임대 글자를 보면 마음이 짠해지는데 자신에게 주어진 권력을 함부로 행사하여 독선과 아집으로 국민들을 고통에 빠트리는 정치 욕심쟁이들에, 서민들이 가난해져 소비가 이루어지지 않으면 재벌도 살아남을 수가 없는데 축적된 부를 자신들의 이기심을 위해서만 쓰려고 하는 돈 욕심쟁이들에, 온통 어리석은 욕심꾼들만 가득한 세상에 자신에게 당연한 권리가 있음에도 그것을 당연하게 생각하지 않고 자신의 노동으로 정직한 대가를 일구는 할아버지의 삶은 내게도 많은 깨우침을 주셨다.

그분의 아침 식사는 본인이 농사지은 고구마 한 개였다. 나도 이 길을 가면서 돌이켜보면 예전에 불필요한 것들을 너무나 많이 소유하고 있었다는 생각에 부끄러울 때가 있다. 지금은 가진 것들을 많이 줄이고 보니 내 살림이 아주 단출하다.

　하루 종일 필요한 것들이 그다지 많지 않다. 왜냐하면 다른 사람들과 거의 접촉을 하지 않으니 남을 의식할 필요가 없어 나를 꾸미고 드러낼 일이 없기 때문이다. 그러고 보면 과거에 내가 소비했던 수많은 물건들은 내 만족을 위한다는 명분이었지만 어쩌면 남들의 눈을 의식한 행위들이었는지 모른다.

　가만히 세상을 들여다보면 온통 돈을 전부로 착각해서 돈만 가지면 행복해질 줄 알고 쫓아가는 이들은 정작 행복을 찾지 못하고…. 오히려 행복은 돈이 아닌 다른 곳에서 찾거나 돈에 대한 욕심을 내려놓을 때 찾는 사람들이 더 많다.

　다들 무엇에서 행복을 느낄지 궁금하다. 소소한 만족감이 아닌 온몸 절절하게 벅차오르는 행복을 느껴본 적이 있는지도…. 그리고, 가끔은 남의 시선을 벗어나 진짜 나를 들여다보고 행복한 일상을 위해 온갖 욕심을 내려놓는 삶은 어떨까? 추운 겨울날 할아버지는 건강하게 잘 지내시는지 참 궁금하다.

욕심을 버려야 산다

내가 이 길을 가게 된 바로 첫날 꾼 꿈은 하늘이 주는 가장 큰 가르침이었다. 첫날 꾸었던 세 가지 꿈 중 두 번째 꿈이었다. 내가 대로변에 서 있었는데 어떤 남자가 돈뭉치들을 수레에 싣고 가다가 한 뭉치를 떨어트리길래 그걸 내가 가져야지 하는 마음에 사람들이 없을 때 몰래 챙겼는데…, 화면이 바뀌어서 공항에 내가 서 있었는데 공항 활주로에 조폭들이 엄청나게 많이 깔려 있었다. 알고 보니 돈을 가져간 나를 잡으러 온 것이었다.

그래서 무서운 마음에 공중부양을 하며 '너희들은 이렇게 못하지.' 하면서 하늘로 막 날아올랐는데 조폭들도 날아다녔다. 물론 나를 따라잡지는 못했지만 결국 나는 돈을 돌려주었다.

이 꿈을 첫날 꾼 것을 두고두고 하늘에 감사한다. 지난 6년간의 수행을 거쳐보니 인간에 대한 모든 욕심이 돈에서 비롯되기에 그걸 마음에 새겨야 한다는 큰 가르침을 주신 것이다.

내가 두 번째 공부하던 촌집 신당은 방문 열고 나가면 옆집이 폐가였다. 그래서 마당의 풀이 담보다 더 높게 자라고 있다. 방문을 열고 세 걸음만 걸으면 옆집의 대추나무 가지가 손에 닿는다. 내가 기도를 하다가도 날씨가 더울 때마다 마당에 물을 뿌리고, 나무들에 물을 주면서 안쓰러운 마음에 옆집의 대추나무에도 물을 뿌려주었다.

그러면서 얘기를 했다. 주인도 없는 데다가 내가 시원하게 물을 주니 대추가 영글면 우리 집으로 뻗어 나온 가지에 달려 있는 대추라도 몇 알 나눠달라고 매번 부탁을 했다. 그렇게 대추는 많이 달리기 시작했고 유난히 크기도 컸고 붉게 영글어 갔다. 그걸 보면서 줄곧 기도를 했던 터라 크고 굵은 대추가 날마다 바닥에 우수수 떨어지는 걸 보니 아깝기도 해서 내가 활용해주면 차라리 낫겠다는 생각을 했다.

그런데 아무래도 마음이 불편해서 신당에 와서 신굿 이후 갖고 있던 오방기를 꺼내서 뽑아보니 '역시 초록기 안 된다.'라는 기가 나왔다. 내 것이 아니면 아무리 열심히 물을 주고 부탁해도 대추 한 알도 욕심내서는 안 되는 것이었다. 나는 그 대추나무의 대추가 꽃이 피고 열매 맺고 말라서 전부 땅에 떨어질 때까지 그저 바라만 보았다. 단 한 알도 먹어보지 못한 채.

세상을 구하고자 하는 일은 개인의 사사로운 욕심을 부리는 일이 아니다. 그래서 나는 감히 지금의 모든 종교들이 이단이요, 모든 성직자들이 엉터리라고 말한다. 왜냐하면 하늘은 모든 인간들이 주체적이고 자유롭게 행복한 삶을 살기를 바라는데 어찌하여 종교를 만들어 인간을 구속하고 억압하며 자신의 삿된 욕심을 채우려 하는가? 나는 이 모든 이들이 절대 하늘과 신을 알지 못한다고 생각한다. 내게는 주인 없는 대추 한 알도 허용 안 하는데 어떻게 큰 건물과 많은 돈과 조직과 세력이 허용되겠는가? 그건 하늘의 뜻이 아니다.

나의 공부

　　　　　사실 신들은 중생들에게 그다지 측은지심이 없다. 어찌 보면 모든 어려움과 고통은 과거 생에서 현재에 이르기까지 세세생생 자신이 짓고 자신이 받기에 전혀 안쓰럽게 생각하지 않는다.

자업자득인데 무엇이 안타깝겠는가? 다만 어리석어 보일 뿐이다. 그래서 신들은 인정머리가 없다. 인정머리는 인간의 정이지 신의 정이 아니다. 다만 인간에게 무한한 사랑을 갖고 계신 건 하느님 아버지뿐이시다.

나는 이 길을 하느님 아버지와 함께하기에 무한한 사랑을 지니려고 노력하지만 그리 쉽지 않다. 내가 발을 딛고 있는 곳이 인간 세상인지라 참으로 어렵다. 어느 날 꿈을 꾸었는데, 내가 밭에서 직접 농사를 지어 최고급 야채와 과일을 팔려고 마트에 진열을 해두었는데 아무도 사러 오지 않고 초등학생들만 몇 명 왔다 갔다 해서 장사를 못하다가, 꿈의 마지막에…, 보기에도 윤기가 빠질하고 찰진 홍시를 한 개 먹었더니 아주 고급이라 하더니 맛은 평범하였다.

이 꿈은 현재의 나를 한방에 보여주는 이야기였다. 모든 공부는 혼자 이루어냈기에 직접 농사를 짓는다고 묘사되었고 하늘의 천금 같은 진리를 갖고 가끔 찾아오는 이들에게 이야기해도 사실 그걸 알아듣는 이가 없다. 그러니 초등학생들만 몇 명 왔다 가는 형국이다. 그리고 찰진 홍시의 평범한 맛….

하늘에 이르는 길은 다른 것이 아니다. 바로 선함이다. 그 이상의 방법은 없다. 아무리 고급스러운 홍시도 결국 평범한 맛이라는 의미이다. 누구나 다 아는, 착한 사람…, 즉 본성이 선한 사람이다. 이 얼마나 평범한 맛인가. 착한 사람…. 다만 그 선함은 진심이라야 한다. 마음은 일어나는 즉시 하늘과 통하기에 그야말로 진짜 본신의 마음, 즉 본심, 그게 진심이다. 진짜 마음.

세상을 통치한다

이 공부를 마무리 지으며 2019년 12월 8일 하늘에서 다음과 같은 말씀을 들었다.

"앞으로 세상을 통치하게 될 것이다."

나는 이 과제를 놓고 오랜 시간 고민했다. 세상을 바꾼다는 것은 엄청나게 힘든 일인데 과연 내가 할 수 있을까? '지금까지 숱한 선지자들이 세상에 왔었지 않겠나?' 하고 기도해보니 아무도 온 적이 없었다. 진실로 하늘의 말씀을 갖고 세상에 온 존재는 아무도 없었다.

사실 이 길을 가게 되면서 초창기에 내가 세상 최고의 자리에 홀로 서는 꿈을 꾸었어도 반신반의했다. 내가 과연 그럴 그릇이 되겠나 싶어서 수도 없이 기도하고 고뇌했다.

요즘 어떤 목사는 본인이 선지자라고 하지 않나, 어떤 사기꾼은 본좌라면서 무슨 우주에서 와서 인간을 구제한단다…. 나는 그들의 말이 사실이기를 바란다. 그러면 내가 얼마나 편하겠나?

나는 이제 하산해서 그저 남들처럼 편하게 좋아하는 곱창집에서 소주도 마시고, 좋은 옷도 입고 그렇게 살 수 있지 않은가? 나는 진심으로 그들이 맞기를 바란다. 하지만 안타깝게도 그렇지 않다.

선지자의 길은 어떤 권리나 권력은 없다. 오로지 의무와 사명만 있을 뿐이다. 그저 내가 할 일은 하늘의 마음을 만 중생들에게 전해주고 그들이 스스로의 노력으로 하늘에 닿기를 도와줄 뿐이다. 내가 할 수 있는 것은 여기까지다. 아무리 하느님이라도 업이 가득한 인간을 그냥 하늘로 데려가지는 못한다. 그런 동아줄 구원은 없다.

하늘에서는 모든 존재들이 진심으로 행복하기를 바란다. 모든 구속과 억압으로부터 자유롭게…. 그래서 나는 앞으로 모든 종교는 사라진다고 감히 말했다. 하늘 앞에서 거짓과 위선도 전부 드러나게 된다. 그리고 나면 나는 하늘의 가르침을 전하고 인간들을 하늘의 순리대로 살게 할 것이다.

부시 대통령

　　나에게 두 번째 신당을 빌려준 지인은 평범한 사람은 아니다. 내가 그녀를 처음 만났을 때 스스로 생각하는 것보다 영혼이 맑은 사람이라고 얘기를 했다. 그리고 그녀는 하늘에서 내려온 천사였다. 그래서인지 부처님 오신 날 태어났는데 보경사라는 절의 맑은 물이 흐르는 수로에서 감을 줍는 태몽의 주인공이다.

　2019년 6월 어느 날 그녀가 찾아왔다. 서울대 치대를 나와서 유명한 치과를 운영하던 남편이 갑자기 쓰러져서 삶의 어려움을 겪게 되니 몹시 힘들어했다. 그러나 나는 그녀에게 지금의 어려움이 본인의 몫이고 탓이라고 누차 이야기를 해줘도 잘 듣지 않았고, 그저 아픈 남편만 원망할 따름이었다. 세상 사람들은 어려움이 생기면 드러난 현상만을 보며 남을 탓하지만 모든 것을 꿰뚫은 내게는 세세생생의 업을 보기에 사람들이 생각하고 판단하는 것과는 다른 원인이 있음을 안다.

　사실 모든 일의 원인은 남이 아니라 자신에게 있다. 그 이치를 알면 어려움을 겪음에 있어 쉽게 남을 탓하지는 못한다. 원인이 남에게 있어서 간혹 억울함을 당하는 이들도 있으나 그것 또한 마음에서 내려놓아야 다음 생에 악연이나 악업으로 이어지지 않는다. 그런 이치를 알면 세상에 태어나서 살아가는 일에 지혜로움과 신중함이 얼마나 필요한지를 깨닫게 될 것이다.

하지만 대부분의 사람들처럼 그녀는 내가 어려움을 해결할 방법을 일러줘도 자신의 탓임을 받아들이지 못했고 본인이 노력해야 하는 마음이 내키지 않는다고 시큰둥했다. 천금 같은 진리를 개떡같이 알아듣는 이들 중에 하나였다. 그래서 내가 그녀에게 내가 어떤 존재인지를 꿈으로 받아보라고 일러주었다.

그랬더니 얼마 뒤 나를 찾아와서 자신의 꿈 이야기를 했다. 꿈에서 내가 지내는 신당인 아버지 촌집에 귀인이 와있다면서 그게 누군고 하니 부시 대통령이란다. 그런데 본인은 그게 도대체 무슨 꿈인지 잘 모르겠다 싶었는데 다음 날 다시 신당 앞 도로에서 최민식이 영화를 찍는다고 해서 사람들이 엄청나게 몰리는 꿈을 꿨단다. 그건 아주 정확한 꿈이었다.

왜냐하면 하늘의 뜻은 보수이니 공화당이고, 부시는 아버지도 대통령이 아니었나. 미국 대통령은 세계의 대통령이니 나와 맞는 상황이다. 나는 인간의 왕이고 아버지는 하늘의 왕이니…. 내 꿈에서는 할아버지의 모습으로 등장하지만 촌수가 중요한 게 아니니.

그리고 참 정확하게도 내가 기도하고 나서 블로그에 미리 2019년 12월 26일이 세상이 바뀌게 되는 첫날이라고 썼었는데 아주 우연히 TV를 보다 보니 바로 그날 26일에 최민식이 주연하는 영화 「천문」을 개봉한다고 했다. 하늘에게 묻는다는 의미란다. 그걸 보면서 혼자 웃었다. 하늘의 계산은 한 치의 오차가 없다.

내가 이 길을 가면서 천지 우주의 이치를 깨닫게 되니 예전과는 생각이 많이 바뀌었다. 그동안 세상의 보편적인 생각으로 비추어볼 때 내가 아주 진보적이고 인간적이라고 생각을 하고 있었는데…, 그렇지 않았다. 세상에서 보는 진보라는 것은 틀렸다. 세상을 앞으로 나아가게 하는 진보는 선(善)밖에 없다.

이 세상 모든 존재들은 본질적으로 하늘로 돌아가려는 선의 의지를 갖고 있기에…. 진보는 오로지 선밖에 없고, 세상 사람들이 말하는 진보라는 개념은 잘못됐다. 진보는 선이기에, 선이 아닌 모든 존재는 진보가 아니다. 그러니 진보정의당이라는 이름은 틀렸다. 조국 사태를 보니 그들이 얼마나 엉터리인지를 알게 되었다. 오히려 악한 존재이니 진보라는 이름이 부끄러운 정당이다.

남의 것 탐하는 노조도 틀렸고, 남의 생각 좌우하려는 전교조도 틀렸다. 내가 세상 사람들을 들여다보면 의외로 보수 운운하는 사람들이 자신에게 주어진 일에 훨씬 더 긍정적이고 성실하다. 진보를 논하는 사람들은 세상과 타인에 대해 더욱 많은 애정과 진심을 내는 것 같지만 그렇지 않고…, 오히려 남의 것을 탐하고, 배가 아파서 강제로 똑같이 나눠 갖기를 바라는 심보가 더 강하다.

그러면서도 조국처럼 나는 좀 더 갖고 남들은 덜 갖기를 바라면 나쁜 것이다. 이 세상은 인간들이 착각하는 것처럼 불공평하지 않다. 오직 재물을 기준으로 평등의 잣대로 삼기에 불공평하다고 생각하지만 하늘에서는 인간의 재물을 쓰레기라고 생각하며 오직 인간의 영혼의 순수성만을 중요하게 생각한다.

영혼 이외의 재산이나 학벌, 신체, 권력은 무용지물이다. 그러니 인간 세상은 자업자득의 이치로 돌아가는 공평한 세상이다. 그러고 보면 오히려 하늘에서는 보수와 진보의 개념이 바뀐 셈이다.

요즘 세상 사람들 기준으로 하늘에서 바라본다면 보수가 선이고, 진보는 악이다. 그래서 내가 부시 대통령이다. 보수주의 공화당의 대통령이자 전 세계의 통치자이다.

큰 부자는 하늘이 낸다

틀렸다. 물론 이건희처럼 하늘의 신이지만 한 국가의 경제 성장을 위해 인간 세상으로 내려오는 존재들도 있지만 부자 자체를 하늘이 내는 것은 아니다.

그는 대한민국을 세계의 리더로 만들어서 결국 지구의 영적 성장을 돕기 위해 자신의 소명을 해낸 것이다. 세상을 통치하시는 나의 할아버지께서 내게 지난 6년이 넘는 긴 공부 기간 동안 오직 단 2개의 말씀만 내게 전하셨는데…. 첫째는 '인류를 지구의 핵으로 옮겨라.'라는 나의 소명이었고, 둘째가 '인간들은 금은보화라고 생각하지만 알고 보면 재물은 쓰레기다.' 그래서 하늘은 인간들의 부에 관심이 없다. 재복이니 재운이니 하는 것들은 전부 인간 세상의 산물이다. 그러니 큰 부자니 작은 부자니 이런 것들에 연연하지 않고 오로지 부를 축적하기 위해 인간들이 악심을 갖고 악신과 손을 잡는 것에 걱정하실 뿐이다.

그래도 내가 유독 이건희에 대해서는 측은지심을 오래도록 갖고 있었는데 그 이유를 그가 죽음과 함께 알게 되었다. 하늘에서 온 신이었다. 대한민국을 부강하게 만들기 위해서…. 그래서 그는 노조도 만들지 않았다. 투쟁으로는 건강한 기업과 올바른 세상을 만들 수 없음을 이미 알고 있었던 것이다.

이건희 정도야 하늘에서 내려온 신이지만 특별히 하늘이 부유

한 국가를 만들기 위해서는 그 어떤 일도 도모하지 않는다. 이건 희도 혼자 내려온 것이지 하늘의 명을 받고 내려온 것이 아니었다. 그래서 큰 부자는 하늘이 낸다는 말은 틀렸다.

큰 부자라는 것은 큰 배짱과 약간의 도둑놈 심보로써 기회를 잘 포착하고 경제적 판단력이 뛰어났을 뿐이다. 내가 도둑놈 심보라고 표현한 것은 부자들의 과거 생을 살펴보면 재물에 대한 애착심이 강한 이들이 대부분이다. 그것은 항상 남이 가진 것에 대해 욕심을 내는 마음이기에 그런 표현을 한 것이다.

그야말로 이재에 밝음이지 다른 그 어떤 것도 아니다. 다만 그러한 마음이 세상의 과학적 진보를 가져오기에 그건 인간들이 판단할 몫이다. 하지만 하늘에서는 그러한 마음을 그렇게 가치 있게 바라보지 않는다. 그러니 부자를 꿈꾸는 인간들의 마음이 물질에 대한 집착 없이 가난함 속에서 평온함을 찾기를 바라는 하늘의 마음으로부터 너무나 멀리 와 있기에 세상이 지금처럼 어지러운 것이다.

내가 이렇게 단언할 수 있는 것은 나의 존재를 스스로 알기 때문이다. 2022년 음력 1월 1일에 내가 갈 길에 대한 꿈을 꿨고, 1월 2일에 천지개벽에 관한 꿈을 꿨을 때 세상에는 엄청나게 큰 물고기 1마리와 아주 작은 수많은 물고기들이 있었다. 전부 별빛으로 이루어진 물고기들이었다. 큰 물고기는 오직 1마리뿐이었다.

나도 인간 세상에 살아보니 돈이 얼마나 필요한지 충분히 안다. 지난 6년 동안 하늘은 내게 돈을 주지 않았다. 필요하면 적절하게 빌려 쓰게 만들지언정 작은 아르바이트조차도 하려고 하면 막아버렸다. 기본적으로 돈을 벌기 위한 목적으로 하는 그 어떤 일도 허용하지 않았다.

하늘이 내게 이렇게 한 것은 나를 위한 것이 아니라 내가 인간의 삶을 경험하게 함이었다. 그래서 나는 지나칠 정도로 충분히 돈 때문에 고통스러웠다. 내가 이런 경험을 겪게 함은 결국 세상의 인간들에게 적용되는 일이다. 내가 먼저 겪을 뿐이지 사실은 인간들의 일이다.

돈을 벌기 위한 목적으로 하는 그 어떤 일도 하늘의 일이 아님을 인간들에게 가르치기 위해 그 고단한 시간을 겪게 하신 것이다. 이미 그 목적을 가질 때는 마음 안에 하늘의 마음은 사라지고 인간의 욕심이 들어서기 때문이다. 기본적인 생계유지도 마찬가지다.

다만 자신이 좋아하는 일이든, 잘할 수 있는 일이든, 해야만 하는 일이든, 주어진 일이든…, 그 어떤 일이든…, 진심으로 정성을 다해 하고자 할 때 세상도 이롭고 자신도 이롭게 된다.

2023년 어느 날 꿈에 주위의 상가들이 전부 불이 꺼지고 임대 글자가 붙어 있는 어두운 길에 두 여인이 술을 마시려고 하지만 깜깜해서 어려움을 겪자 그걸 보고 우리 집에 수많은 초가 있음에도 작은 거 하나 갖다 주겠다고 했었다. 현재 우리나라의 경제적 어려움을 극복할 초를 1개, 그것도 작은 걸로 주겠다고 한 것이다. 그것은 그 정도만 경제 위기에 대처할 수 있다는 것이다. 이미 세상에 신들의 개입이 시작되었다는 것은 더 이상 인간 세상의 엉터리 이치가 아닌 하늘의 가르침을 망각한 인간들에게 깨우침을 주겠다는 것이다.

하늘에서는 돈을 쓰레기라고 하였다. 다만 재활용이 가능한 고철 쓰레기였다. 아주 까만 쓰레기…. 그러니 큰 부자와 하늘의 뜻은 전혀 무관하다.

삶의 소중함

　　부산에서 나를 찾아온 분이 계셨다. 상담을 하던 중 자신의 전생이 궁금하다면서 묻는 게 아닌가? 내가 살펴보니 그녀는 전생에 인간이 아니라 신명계의 신이었다. 전생에 신이었지만 자신의 영적 성장을 위해 다시 인간 세상에 내려온 것이었다.

　나도 상담하면서 전생에 신을 만난 건 처음이었다. 그렇게 한참을 이야기하다가 문득 자신이 어제 꿈을 꿨다는 것이었다. 꿈에서 젊고 갸름하게 생긴 여자가 자신에게 부드러운 목소리로 이야기를 해주었는데 옷을 잘 차려입고 머리에는 뭘 쓰고 있었는데 보석 같은 게 6개가 있었단다. 자신도 옷을 잘 입었는데 머리에 보석이 한 개가 있었다고 이야기를 했다. 전날 꿈에서 나를 직접 보고 찾아온 것이었다. 아마 신명계의 신 정도 되니까 가능한 일일 것이다.

　신명계에는 엄청나게 많은 신들이 있는데 신의 상태에서는 절대 서열이 올라갈 수 없고 인간 세상에서만이 수행과 공부를 통해 영적 성장을 이룰 수 있는 것이다. 그래서 부처님은 삶을 고통의 바다라고 말씀하셨지만 사실 이곳이 기회의 땅인 것이다. 여기에서만이 스스로 공부하고 성장할 수 있는 것이다. 그 기회가 얼마나 소중하고 가치 있는지를 깨달아야 한다.

악신의 조종을 받는 사람들

　　　　　나를 찾아온 어떤 이가 있었다. 어머니 지인을 통해 나를 보고 싶다는 얘기를 몇 차례 하길래 썩 내키지 않았으나 사람에게 편견을 두어서는 안 될 것 같아서 수락을 하고 약속을 잡았다. 그를 만나기 전날 밤에 꿈을 꾸었다.

　내가 공원 어딘가에 서 있는데 내 시야에서 그리 멀지 않은 아주 낮은 하늘에 검은 구름들이 이동하고 있었고 까만 새들이 날아다녔다. 그러고는 나를 공격하러 온 남자와 여자가 나타나길래 투명 인간이 되기도 하고 하늘로 날아오르기도 하면서 공격하려 해도 못 할 것이라고 얘기를 했다.

　아침에 일어나니 약속과 관련된 꿈이라는 느낌이 들었다. 그리고 신당에 출근해서 청소를 하다 보니 담이 아예 없는 집인지라 멀리서 만나기로 한 이들이 걸어오고 있는 게 보였다. 그 순간 어젯밤 꿈이 이해가 되었다. 그가 지닌 탁기가 온몸에 느껴졌다.

　그는 기 박사라고 불렸으며 자신을 하나님 아버지의 후계자이자 아들이라고 했다. 실제로 같이 동행한 아주머니의 언니를 오랜 신병으로부터 원격으로 치유시켜주기도 했다고 말했다. 그뿐만 아니라 하늘에서 인간 세상에 코로나 균을 뿌릴 때 본인도 같이 있었다고 했다.

　그러나 이런저런 이야기를 내게 해도 나는 그의 얼굴을 마주 보지 못했다. 악한 사람의 얼굴을 자연스레 쳐다보는 것은 내게 무척이나 힘든 일이다. 나는 사람의 말 이전에 마음을 들여다보는지라 나쁜 사람이나 진심이 아닌 사람은 저절로 몸이 반응한다. 한참을 그와 동행한 아주머니와 이야기를 나누면서 마음속으로 그에 대한 깊은 측은지심을 일으키면서 의도적으로 그를 바라보며 이야기를 이어갔다.

대화를 나누면서도 내 마음과 머리는 아주 복잡했다. 세상 어떤 이들은 남에게 끼치는 피해는 생각도 않고 그저 자신의 부를 위해 부동산 투기를 해서 나라를 시끄럽게 하는데 또 누구는 남들이 들으면 그야말로 귀신 씻나락 까먹는 얘기에 사로잡혀 삶을 허비하니 참으로 안타까운 일이다.

그가 지닌 남다른 능력은 다름 아닌 악신의 힘이 부여된 것이었다. 보통 악신들은 인간을 조종하기 위해 여러 능력을 부여하기도 한다. 그래서 많은 구도자들이 기도 수행 도중 악신을 접해 여러 뛰어난 능력을 발휘하기도 하지만 알고 보면 그것은 자신의 천성을 발현하여 얻은 본질적 능력이 아니기에 결코 바른 수행에 도움이 되지 못한다.

나도 수행 중 많은 어려운 이들을 보면서 한 방에 해결할 수 있는 능력을 갖고 싶다는 생각을 수도 없이 해봤으나, 알고 보면 그 해결이 결코 상대의 영적 성장에 도움을 주는 일이 아님을 차츰 깨닫게 되면서 우주의 섭리에 순응하게 된다.

그래도 틈틈이 하늘에 투덜거리고 분노를 표한다. 세상이 너무 어지럽기에…. 다행히 그 투덜거림에 대해서는 어떤 벌도 받은 적이 없는 걸 보면 내 진심을 제대로 헤아리나 보다.

천지개벽

천지개벽에 대해 두 번에 걸쳐 하늘의 메시지가 있었다. 내가 한참 공부하던 2019년 어느 날의 일이었다. 천지개벽에 대한 글을 썼던 바로 그 날, 새벽에 자다가 갑자기 눈을 떴는데 느낌이 이상해서 다시 눈을 감으니 갑자기 하늘에서 테두리가 황금색인 거대한 파란 용이 나를 향해 너무나 빠른 속도로 돌진해오는 게 아닌가. 그래서 온몸이 쭈뼛해져서 눈을 떴는데…. 절로 '아! 이걸 보여주려고 하는 것이구나.' 하는 생각이 들었다.

그리고 다시 눈을 감았는데 하늘이 빈틈 한 곳 없이 파란 용들이 뒤엉켜서 꿈틀거리는 게 아닌가? 온통 파란 용들이 하늘을 뒤덮었다. 그런 장면은 처음인지라 경이로움과 두려움으로 눈을 떴다가 한참 후에나 눈을 감았다. 그것은 꿈이 아니라 생시의 장면이어서 충격적이었다.

다음 날 기도를 하면서 그 장면을 생각하니 뭔가 특별한 것은 같은데 그 의미를 찾기가 어려웠다. 스승도 없이 오로지 혼자서 독학하려니 이만저만 힘든 게 아닌데 생전 처음 보는 모습이라 한참을 생각해도 범상치 않다는 것 이외에 아직 나로서는 그 의미 전체를 헤아리기가 쉽지 않다.

그러다가 우연히 유튜브에서 어느 사주명리학 교수의 우리 민족은 청룡의 호위를 받는 나라라는 강의 구절을 듣게 된 것이었다. 그래서 그런 광경을 내게 보여주셨나 싶었다. 그리고 기도는 내게 이런 가르침을 일러 주었다. 이제 하늘의 영적 전쟁은 끝났다. 앞으로는 마음 악하게 살면 견디기 힘든 세상이 올 것이다.

그리고 두 번째 경험은 2022년 음력 1월 2일의 꿈이었다. 석동이라는 동네의 주택 거실에서 창밖을 보는데 엄청나게 거대한 물고기가 있는 게 아닌가? 그 물고기는 별빛으로 이루어져 있었는데 한 마리였다. 그걸 보면서 마치 나와 같다는 생각이 들었다. 그리고 나서 주변을 보니 아주 작은 피라미들이 많이 있었다. 여기에서 석동이라는 것은 사람들이 돌 석, 아직 알지 못한다는 의미이고, 물고기는 이상하게 내가 TV에서 본 아쿠아맨 영화가 남의 이야기 같지 않은 느낌이 들었던 것과 무관하지 않다는 생각을 한다. 하지만 아직은 확실히 모른다. 지구인이 물고기 종족인지 무엇인지…. 아마도 나의 다음 과제를 할 때가 되면 답을 찾을 것이다.

그러면서 나는 그 물고기들을 보면서 바다에 있어야 할 물고기가 허공에 떠 있으니 그것은 마치 천지가 개벽하는 것과 같다는 생각을 했다. 청룡과 별빛 물고기라…. 그것이 나의 천지개벽에 대한 하늘의 암시였다.

그리고 때맞춰 2023년 12월 20일 「아쿠아맨 2」가 개봉되었다. 그렇게 하늘은 세상의 변화에 대한 메시지를 조금씩 드러내고 있다.

윤석열과 김건희

　　　　내가 그녀를 들여다본 것은 윤석열을 읽으면서 둘의 전생 인연법이 궁금해서였다. 그러나 그때는 둘의 전생에 얽힌 관계만 살펴보았었다. 그러다가 내가 윤석열 꿈을 상당히 여러 번 꾸었는데 그때 김건희 씨가 두 번 같이 나왔다. 한 번은 그녀의 성격과 인품을 느낄 수 있는 꿈이었었는데, 나머지 한 번은 묘했다.

　윤석열의 옆에 송가인이 있는 게 아닌가. 이것은 2020년 6월 1일의 꿈이었다. 그런데 내가 그녀를 보고 "너는 하늘에서 몇 번 봤지?" 하고 얘기를 했었다. 내가 그녀에게 그렇게 말한 것은 그녀가 신적 존재이기 때문이다. 아마도 영적인 능력이 매우 강할 것이다. 내가 직접 하늘에서 본 적 있었으면….

　송가인이 본인을 최고의 가수로 생각한다면 그녀 또한 자신을 그렇게 생각하고 있을 것이다. 내가 예전에 살짝 그녀를 생각하면 하늘의 전사 모습이 보였다. 그런데 얼마 전 방송에서 송가인 씨 모녀의 신기와 무속인으로서의 모습이 이상하게 김건희 씨와 겹치는 게 아닌가? 그래서 꿈에 김건희 씨가 송가인으로 나온 이유를 알게 되었다.

　그러니 일반인들이 함부로 김건희 씨를 입에 올릴 정도의 존재가 아니다. 다만 그것을 본인 스스로 깨닫지 못하고 인간 세상에서의 삶에 매몰되어 그녀가 할 일과 가진 능력을 미처 깨닫지 못하고 있어 안타까울 따름이다.

사실 윤석열도 일반인이 아니다. 꿍장히 큰 사람이다. 그는 하늘이 지금의 영적 전쟁을 인간 세상에서 이끌어가는 역할을 담당하도록 선택한 사람이다. 그가 아직 그것을 잘 모르고 있어서 아쉽다. 사시를 9번 만에 합격하였는데 원래 9는 인간 세상을 움직이는 숫자이다.

그는 전생에도 황제와 황후의 모습이 있었다. 그러니 확고한 보수 정체성을 갖고 힘있게 밀고 나가면 능히 하지 못할 일이 없을 것이다. 지금처럼 주변의 이야기에 귀를 기울이지 말고….

그에게는 지금 막중한 임무가 있다. 그건 단지 한 나라의 대통령으로서의 일에 국한되지 않는다. 두고 보면 알 것이다.

사회적 약자는 없다

세상에 사회적 약자는 없다. 세상 모든 사람들은 본질적으로 똑같기에 강자도 약자도 따로 없다. 가난하고 못 배우고, 병든 사람이 약자인가? 그렇지 않다. 흔히 역술인들이 재복 운운하는데 재물이 정말 복일 것 같으면 전 세계 80억 정도의 인구 가운데 내가 가장 부자일 것이다.

재물은 복이 아니다. 하늘에서는 재물을 악의 근원이고 쓰레기라고 생각한다. 그래서 재복이 아니라 재업이 되는 셈이다. 다만 현재 자신의 삶을 이루는 한 구성품일 뿐인데 나조차도 그게 없어서 서글플 때도 많고, 어렵기 그지없다. 하지만 그것에 연연하지 않는다.

내가 사람을 들여다보면 가난한 데는 이유가 있다. 대부분이 과거 생에서 갖고 온 업이다. 그렇다고 가난이 잘못된 업은 아니다. 하지만 가난이 현재 자기에게 주어진 삶이라면 그것은 반드시 자신의 의지와 노력으로 해결해야 한다.

그렇지 않고 국가나 타인의 도움으로 일방적으로 헤쳐나가려고 한다면 다음 생에도 그는 가난에서 벗어나기 어렵다. 그건 물질적 가난만을 의미하는 게 아니라 삶 자체의 모든 면이 가난해진다. 나는 성경을 읽어본 적은 없지만 성경 구절에 부자가 천국 가는 것은 낙타가 바늘구멍에 들어가는 것보다 어렵다는 말이 있다.

또 가난한 자에게 천국이 있다고 하지 않는가? 그것이 맞다. 가난할수록, 삶의 시련이 많을수록 그것을 극복하면서 사람의 영혼은 더 맑아지고 가치 있게 승화되어 결국 천국으로 향할 수 있게 되는 것이다. 결국 좋은 옷 입고, 명품 백 걸치고, 비싼 음식 먹어가며 자신의 껍데기만 채워가면 천국의 길은 멀어지며 다음 생에는 그에 따른 업을 다시금 짊어지게 된다. 그러니 현재의 가난이란 자신을 천국으로 인도하는 열쇠인데 그것을 잘못된 사회적 판단으로 약자 운운하며 열쇠를 빼앗고 지원해 주는 것은 결국 천국행을 방해하는 것이다.

가난을 비롯하여 삶의 모든 어려움이 마찬가지다. 그것을 겪음으로써 해내야 할 공부가 있는 것이다. 그래서 사람들은 어려움만큼 성장하는 것이다. 그런데 악마들은 이것을 왜곡한다. 가난을 수행으로 생각해야 하는 이들의 귀에 대고 속삭인다. 자신보다 부자인 이들의 것을 빼앗아야 한다고…, 세상이 불공평하다고…. 이런 악심을 불러일으켜 투쟁하게 하고 세상을 혼탁하게 만든다.

이재명이 가난한 이들의 삶에 가슴 아파할 사람으로 보이는가? 문재인이 국민들의 어려움에 고통을 느끼는 사람으로 보이는가…? 둘 다 틀렸다. 그들은 자신들의 목적 달성과 이기심밖에는 없다. 그리고 사람들은 민주당이 가난하고 힘없는 사람들의 편이라는 생각을 하지만 그것도 틀렸다. 세상에 가난하고 힘없는 사람이 달리 없다.

세상 모든 사람들은 본질적으로 똑같다. 그러니 어리석게 더 가졌다고 남을 무시해서도 안 되고 덜 가졌다고 의기소침해서도 안 된다. 그런 껍데기에 연연해서는 결코 천국에 이르지 못할 것이다. 세상 누구나 당당한 자세로…, 왜냐하면, 자기가 우주의 중심이기 때문이다.

실업수당도 잘못됐다. 천지 우주의 이치에는 십 원 한 장 공짜가 없다. 받은 만큼 빚이 된다. 실업자가 되면 구직 활동이나 창업을 할 수 있도록 국가는 시스템으로써 도와야 하고 실업자는 필요한 만큼 충분히 빌려서 구직 후 반드시 갚아야 한다. 사회는 이런 건강한 시스템으로 돌아가야 사람들의 자립과 천국행을 도울 수 있는 것이다. 아무것도 못 하는 노약자나 장애인들도 각기 자기 몫에서 할 일이 충분히 있다.

내가 예전에 나를 찾아온, 천국 갈 가능성 53% 아주머니 일행에게 그런 얘기를 한 적 있다. 한 분에게는 좋은 마음을 갖는 게 공덕이고 수행이라고, 다른 한 분에게는 틈틈이 몸으로 봉사 활동을 하라고…. 사람들이 보기에는 후자가 더 의미 있는 봉사 같지만 그렇지 않다. 그 사람의 현재 모든 기운과 크기를 읽어 그에게 적합한 베풂의 형태가 주어지는 것이다. 어떤 것이 더 가치 있고 보람 있다고 구분할 수 없다.

그래서 자신이 어떤 삶을 살든지 자신을 성장시키고 타인에게 베푸는 삶은 존재한다. 그러니 무턱대고 지원을 받으려고 하고 부자는 세금을 더 내야 한다는 생각도 옳지 않은 것이다. 모든 사람이 자신의 소득에서 사회가 정한 비율대로 10%면 똑같이 10% 내는 것이 옳다.

가난한 이는 부자에 대해 분노하고, 부자는 가난한 이를 멸시하며 자신이 내는 고세율은 부당하다고 생각해서 숨기고 탈세하는 사회는 절대 건강하지 않다. 내가 한 달에 10만 원을 벌더라도 거기에서 만 원을 다른 이들을 위해 쓸 수 있는 마음이 되어야 현생에서도 다음 생에서도 가난이 더이상 자신을 괴롭히지 않게 한다. 그런데 사람들이 그 이치를 알지 못하니 지금처럼 세상이 속이고, 싸우고, 빼앗으려 하고, 어지러운 것이다.

천지개벽은 다른 게 아니다. 세상 사람들의 잘못된 엉터리 생각을 바꾸고 바로잡는 것이다. 이게 인류의 역사 발전과 더불어 일그러져 온 생각인지라 대부분의 사람들조차 무엇이 잘못되었는지를 알지 못한다. 그러나 이제 곧 알게 될 것이다. 재물은 결코 복이 아니고 세상에는 약자도 강자도 없다. 하늘 아래 모든 사람은 똑같다.

값진 고통

사람은 스스로의 경험치 만큼 성장하며, 삶에서 겪는 경험으로 자신이 바라보는 세상을 규정짓는다. 내게 찾아오는 많은 이들이 자신의 삶이 풍파가 심하다고 하소연을 한다. 그걸 듣는 나도 덩달아 안타까워지지만, 나는 그들에게 삶의 고통은 신이 인간의 영혼을 성장시키기 위해 주는 고마운 방편이라고 일러준다.

그것은 내가 책을 통해서 배운 가르침이 아니라 지금까지 살아오면서 내가 겪은 많은 아픔들이 어느 하나 헛된 부분 없이 나 자신의 부족한 점을 채워주는 성장의 도구로 쓰였기 때문이다. 그 숱한 눈물과 고통 덕분에 나는 조금씩 둥글어지고 넓어지며 앞으로 나아가고 있었다. 사람들도 그러할 것이다.

특별한 대한민국

　　대한민국이 특별한 이유는 외떡잎식물이기 때문이다. 어느 날 꿈도 아닌 생시도 아닌 묘한 경계에서 내 귀에 들리는 소리가 있었다. 우리나라는 외떡잎식물이고 다른 나라는 쌍떡잎식물이라는 것이었다.

　처음에는 들어도 황당하다고 생각했고 이유를 알지 못했다. 그러다가 일 년 이상 시간이 흘러 궁금하던 차에 우연히 검색을 하다 보니 답을 알게 되었다. 외떡잎식물이 쌍떡잎식물보다 더 진화한 형태라는 것이었다. 그래서 떡잎부터 다르다.

　우리나라가 외떡잎식물로 성장에 유리하도록 더 진화한 영혼들이 모여있는 곳이다. 그러나 이것은 과학자들마다 관점에 따라 생각이 좀 다르기는 한데 나도 과학에는 문외한이라 좀 더 세부적 지식이 필요하다만, 어쨌든 메시아도 한국에서 악마의 우두머리도 한국에서 나타난 걸 보면 의미가 있지 않겠나? 그래서인지 요즘 전 세계가 한국에 주목하고 있다.

문씨와 천벌

　　참 희한한 존재다. 내 꿈에 몇 번 등장했는데 2022년 언젠가 김정숙은 앞에 있고 문재앙은 무슨 욕조 같은 곳에 회색 옷을 입고 손을 모으고 시체처럼 누워있었는데 나중에 보니 없어졌다. 그래서 그 의미가 궁금했는데…. 2023년 7월 25일 꿈에 도로가 온통 물에 잠겼는데 사람들이 물놀이를 하는 줄 알았더니 한 명씩 사라지고 있었다. 죽는 것처럼…. 그때 저쪽에 서 있는 흰머리의 문재앙을 발견하고는 내가 소리치기를…, "네가 독살했지?" 이상하다. 왜 독살이라는 표현을 썼을까? 지금은 잘 모르겠다.

　그런데 그 말을 하고는 문재앙을 용서를 해줄까 해서 가지 말라고 하니 그가 누가 기다린다고 골목길로 들어가는 게 아닌가? 그 끝에 3명이 기다리고 있는데, 저승사자도 아닌, 그렇다고 이재명을 데려간 우주인도 아닌, 독특한 존재였는데, 하여간 다른 별의 존재들처럼 느껴졌다. 엄청나게 엄격하고 무서운 느낌이랄까? 그들이 문재앙을 데려갔다. 우주 감옥 같은 곳으로 끌려갈 것이다.

　내가 이 글을 쓰는 이유는 그가 한시라도 빨리 참회하기를 바라는 마음이기 때문이다. 북한 같은 악이 지배하는 곳에 자기를 믿고 지지하는 국민들을 넘길 생각을 하다니…. 하지만 그래도 가엾다. 나쁘기는 해도 불쌍하다. 가만히 처벌을 기다리고 있으면 되는데 잔꾀를 부리고 헛소리를 자꾸 늘어놓으니 결국 다시는 윤회조차 할 수 없는 곳으로 끌려가게 된다. 심약하고 어리석어서 자신이 저지른 죄가 얼마나 중한지 돌아보지도 못하고 반성도 못 하면서 가만히나 있을 것이지.

나는 그가 몹시 괘씸하지만 그 정도까지 바라지는 않았는데 그가 자초한 일이니 할 수 없다만 자신의 잘못을 국민들 앞에서 진심으로 참회하고 죄의 대가를 제대로 받으면 그땐 우주 감옥 정도는 면할 수도 있지 않을까?

나는 인간들이 함부로 사는 게 참 무섭다. 그것은 사람들이 천벌을 입으로만 말하지 진짜 하늘을 알지 못해서 그런 것이다. 살아서 지은 죄가 죽는다고 사라지지 않는다. 살아있을 때가 기회다. 진심으로 죄를 뉘우치고 거듭날 수 있도록 필사적으로 노력해야 한다. 하늘이 인간의 삶에 개입하지 않기 때문에 천벌을 인간 사회에서는 보기가 드물다. 그저 인간 세상의 시스템으로 돌아가도록 설계되어 있을 뿐이고 거기에서 벌을 받는 것이다.

하지만 죽어서 받는 천벌은 몹시 엄격하고 철저하다. 그러니 살아있을 때 모든 잘못을 털어내고 선하게 살아야 한다.

종교는 거짓이다

하늘 아래 일체의 종교는 모두 거짓이다. 교회에만 가야 만날 수 있는 하나님과 천국은 없다. 그러니 "예수 믿으세요! 천국 갑니다." 하는 말은 사기에 불과하다. 인내천, 인간이 곧 하늘이다.

모든 이들의 마음 안에 하늘이 담겨 있다. 다만 인간이 어리석고 악한 마음에 그것을 보지 못할 뿐이다. 그러니 교회에 가서 기도하고 믿고 따르면 천국 간다는 목사들의 이야기는 거짓이다.

이 구절을 적으면서 좀 안쓰럽다. 누군가에게 혹은 많은 이들에게 평생 진실이며 진리인 줄 알았던 것을 거짓이라고 하면 그들의 일생을 부정하는 것이니 얼마나 가슴 아픈 일인가? 하지만 괜찮다. 본인들도 무지해서 잘못된 신념을 가졌으니 탓하지 않는다. 어떤 잘못된 행위라도 그 안에 진심이 중요하니 삶이 통째로 부정됐다고 노여워하거나 슬퍼하지 말기를 바란다.

성경의 가르침은 구구절절 훌륭한 부분이 많으니 그것을 통해 그저 착하고 아름다운 본성을 갈고닦았으면 되는 것이다. 그래도 어떤 조직적 이기심에서 틀을 만들고 사람들을 가두고 사기를 친 행위는 나중에 참회할 필요가 있다.

그리고 절에 스님들도 남의 시주 한 푼을 무서워할 줄 알아야 하거늘 자기 수행한다고 오히려 타인에게 빚만 잔뜩 지고 있으니 이것도 어느 생에서 갚겠나?

기독교는 신을 이해하나 인간의 내면에 대한 고찰이 부족하고, 불교는 내적인 깊이는 존재하나 신의 세계를 알지 못한다. 이 종교들은 엉터리이기도 하지만 마음을 수양하는 데 있어서도 반쪽짜리에 지나지 않는다.

다른 모든 종교들도 똑같다. 애초에 하늘은 인간 내면 안에 하늘을 닮은 단단한 천성을 준비하여 놓았으니 자기를 잘 들여다보아야지 천성 이외에 다른 모든 것들은 악마의 작용이다. 그러니 어설프게 남의 운명이니 무슨 능력이니 하는 것들은 악마에게서 나오는 힘이니 그런 것에 빠져서는 안 된다.

내면의 마음을 움직여 원하는 바를 이루는 것은 인간의 타고난 능력이지만 무엇이든 외적인 힘을 빌려 어떤 성취를 이루는 것은 악마와 관련 있다. 그러니 자신 이외에 어떤 것도 믿고 의지할 필요가 없고 해서도 안 된다.

그래서 공부를 다 이룬 지금에 와서 나는 어떤 인간의 정해진 운명도 무속도 믿지 않는다. 물론 타인의 업에 얽힌 일들을 들여다봐서 그에 따른 일의 결과를 대략 예측은 할 수 있겠지만 그 또한 옳지 않다. 오직 하늘의 마음으로 사는 그것 이외에 어떤 가르침도 하늘의 뜻이 아님을 알아야 한다.

해무리

아침에 일어나서 느낌이 남다른 날이 있다. 그런 날은 여지없이 해무리를 볼 수 있다. 내게는 하늘이 인간들보다 소통하기가 쉽다.

나에게 해무리는 좀 특별한 의미가 있다. 이 길을 가기 전 한 번도 해무리를 본 적이 없다. 어쩌면 유심히 하늘을 보지 않고 그냥 살아서 그런지도 모르겠다. 내가 처음 해무리를 본 날은 쓰레기를 버리러 계단을 올라가다가 어떤 할머니와 마주쳤는데 순간 고민을 했다. 알지도 못하는 할머니에게 인사를 해야 할지 말아야 할지를…. 그런데 그 짧은 순간 고민을 하는 사이에 할머니께서 나에게 인사를 먼저 하는 게 아닌가?

나도 듣는 찰나에 같이 인사를 하면서 '이런 게 천국이겠구나.' 하는 생각이 절로 들었다. 이웃끼리 서로 따뜻한 얼굴로 친절하게 인사하는 세상, 그러면서 마음이 갑자기 평온해졌다. 그리고는 고개를 들어 하늘을 봤는데 난생 처음 해 주위에 둥근 원을 보게 된 것이었다. 그래서 그게 무엇인지를 검색해보니 해무리였다. 내게는 처음으로 천국 같은 세상을 생각하면서 해무리가 보여진 것이기에 조금은 특별한 의미가 있다. 그 이후 줄곧 의미가 있는 날은 여지없이 하늘에 해무리를 보게 되어 수도 없이 많이 보면서 오늘에 이른 것이다.

사실 내가 느낌과 생각이 남다른 날은 항상 해무리가 보였다. 그러다가 요즘은 해무리에 대한 생각이 또 달라졌다. 몇 달 전 꿈에서 창문을 열었는데 하늘에 무지갯빛 해무리가 선명하길래 옆에 계시던 엄마 보고 해무리를 보라고 하니 시큰둥한 반응을 보이셨다.

　그날의 해무리는 평소와 좀 다른 가로가 긴 타원형이었는데 한참 쳐다보니 이게 그냥 해무리가 아니라 우주선으로 바뀌는 게 아닌가? 결국, 해무리가 우주선이었다. 그리고 나서 아침에 일어나서 실제로 창가로 달려가니 꿈에서 본 것과 너무나 똑같은 타원형 모양의 해무리가 보였다. 그래서 때마침 옆에 계신 엄마 보고 해무리를 보라고 하니 역시나 꿈에서처럼 시큰둥하셨다.

　그러나 나는 그날 꿈 이후로 해무리가 예사롭지 않다. 왜냐하면, 선명한 타원형의 해무리는 그날 꿈과 현실 이외에 단 한 번도 본 적이 없었기 때문이다.

　그 해무리는 내게 우주선의 존재를 보여준 의미인 셈이고 그날 이후 나는 해무리를 보면서 항상 우주선을 떠올리게 되었다. 그저 하늘만 나를 알지 인간들은 아무도 모른다. 하기야 안들 모른들 뭐가 그리 대수겠나? 각자 지은 업대로 받게 되는 법인데….

　다만 그동안은 악의 무리들이 워낙 활개를 쳐서 세력을 규합하고 인간들에게 힘을 부여하고, 세상의 질서를 혼란시키고 우주의 이치를 무너뜨리려 했지만 그 모든 것이 이제 정리가 되었기 때문에 앞으로는 반드시 선한 마음을 갖고 살아야 한다. 지금의 모든 일은 하늘이 하지만 결국 인간 세상인지라 인간들 스스로

해나갈 수 있도록 하늘이 뒤에서 밀어주고 있는 형국이다.

우주선을 보여준 해무리 모습

나의 코로나 투병기

코로나로 죽을 뻔했던 친구가 나를 찾아왔었다. 대구에서 딸아이가 다니던 태권도장에서 동시에 106명이 집단 발병했는데 그때 대구 의료원에 이송된 환자 중 2번째 중증환자였단다. 그래서 아픈 와중에 나한테 카톡을 보내왔는데 죽을까 봐 두려워서 눈을 못 감겠다는 말이 마음에 짠하게 느껴져서 내가 신을 2명 보낼 테니 괜찮다고 말해주었다. 그 이후 친구는 회복되었다.

사실 나는 그 친구에게 그런 일이 있을 거라고 생각해서 미리 돌아갈 수 있는 길을 일러줬지만 역시나 듣지 않았고, 결국 건강을 해치게 된 것이었다. 내가 이 길을 가면서 유일하게 옆에 두는 친구였는데 젊은 날같이 구도 정진했던 도반이었기 때문이다.

그런데 그 친구가 나를 찾아와서 담소를 나눈 뒤 배웅을 하고 돌아오면서 문득 그런 생각이 들었다. 사람들이 이렇게 아픈데 나만 괜찮으면 되겠냐고….

사실 나는 사람들과 접촉을 잘 하지 않으니 코로나에 걸릴 일이 거의 없었지만 그런 생각이 드는 것이었다. 딱 그 생각 다음 날 나는 코로나에 걸렸다. 나는 한참 전 꿈에 왼쪽 팔에 백신 주사를 10방을 맞아서 실제로는 백신 접종을 안 했다. 그냥 방역정책이 마음에 들지 않아서 안 맞고 싶었다.

그러던 중 어느 날 꿈에 아주 많은 사람들이 넓은 방 같은 데서 광목 천을 한 장씩 이불 삼아 누워있었는데 아무리 봐도 내가 누울 자리가 없었다. 나는 그때 그 꿈의 의미를 제대로 알지 못했다.

왜냐하면, 대부분 여자들이었고 거기서 무슨 초록색 벌레와 다른 것들을 핀셋과 찍찍이로 제거를 한데다가 그날 선원에 가기로 약속한 터라서 그 넓은 방이 선원일 거라 생각을 하는 바람에 미처 광목천을 덮는다는 것이 죽음이라는 걸 알아차리지 못했었다. 그리고 나는 선원에 갔었다.

내가 종교인들에 대해 잠시 언급을 한 적이 있었다. 사람들의 엉터리 신념과는 달리 교회를 다니거나 기독교를 믿기만 해도 천국 간다고 말하는 것은 모두 거짓이다. 그러니 세상에 모든 목사들은 사기꾼인 셈이다. 그래도 무지에서 비롯될 수도 있기에 미필적 고의라고나 할까 보다.

그리고 스님들도 마찬가지다. 내가 만나러 간 선원에 계신 스님은 평생을 수행에 매진하신 분이었다. 젊은 날 수사가 되었으나 밖에서 생각하던 것과 안의 실체가 너무 달라 머리를 깎고 스님이 되셨던 분이셨다. 그러니 제법 청정심으로 수행한 분이셨을 것이다. 족히 50년은 넘는 기간 동안 수행을 하신 분이었다.

그런데 내가 그 선원의 문을 여는 순간 갑자기 화가 치밀어 오르면서 '아니, 이것들이 뭐하는 짓이야?' 이런 생각이 드는 게 아닌가? 그곳에는 참선 수행을 하겠다고 모인 여러 사람들이 나를 따뜻한 미소로 바라보고 있었음에도 나는 속으로 올라오는 분노를 참기가 힘들었다.

그때 나는 답을 얻었다. 앞으로 온갖 종교의 성직자들을 어떻게 할 것인가에 대해서…. 그리고는 겨우 분노를 억누르며 스님과 여러 시간 이야기를 나누면서 '의미 없는 일에 평생 어리석은 시간을 보냈구나.' 하는 생각에 안타까웠다. 물론 스님도 나를 보며 여러 생각을 했을 것이다. 거꾸로 멀쩡한 직장 그만두고 혼자 공부한다니 얼마나 안타까웠겠는가?

그런데 내가 지금까지 이 길을 걸어오면서 만난 이들 가운데 실제로 마음자리가 높고 공부가 된 사람들은 대부분 종교를 믿지 않았다. 하급 수의 사람들이나 종교에 맹신하는 것이다. 거기에는 많은 악신들의 조종이 있기에 나는 그 어떤 종교도 인정하지 않는다.

선원을 다녀오고 친구를 만난 뒤 꿈에 할아버지와 사람들이 모여 있는데 갑자기 나를 치료한다고 하는 게 아닌가? 그러고는 할머니께서 나를 여러 사람들에게 데리고 가셔서 치료를 받게 하셨다. 나이 많으신 분도 계셨고, 젊은 남자도 있었다. 그런데 내가 그 사람들에게 직업란에 뭐라고 쓰냐고 물으니 무속인이라고 쓴단다. 그래서 내가 할머니에게 나를 이런 곳에 데리고 와도 괜찮냐고 하니 할머니는 "나는 괜찮다."라고 하셨는데 할아버지께서는 그런 이들을 상종하지 않고 탐탁지 않게 생각하셨다.

그 사람들이 무속인이라고 말하는 걸 듣는데 마치 그 느낌이 백정 같았다. 귀한 일은 아니었고, 뭔가 사회적으로 천대받지만 나름 부끄럽게는 생각하지 않고 숙명 같은 느낌이랄까?

그 꿈을 꾸고 나서 나는 뜬금없이 무슨 치료냐고 생각했는데 갑자기 입맛이 쓰고 몸이 아프기 시작했다. 정확히 잠복기를 이틀 지나고 다음 날인 2022년 3월 2일부터 엄청나게 아팠다. 오미크론의 모든 증상이 다 나타났다. 심지어 두드러기까지…. 하도 아파서 얼마나 투덜거렸는지 모른다. 미리 꿈에서 치료받고도 이 정도 아프면 안 치료받았으면 그냥 죽는 거 아니냐고…. 그제야 나는 며칠 전 광목천을 덮고 자는 게 죽음과 관련된 꿈이라는 걸 알았다.

하여간 나는 꼬박 8일을 정신없이 아팠다. 그 아픈 와중에 3월 8일에 마지막 이재명 꿈을 꾸면서 칼을 들고 난리 치는 걸 제압하고 승리해서 미리 페이스북에 글을 썼고 그제야 다음 날의 선거 결과를 좀 편안히 바라봤지만, 그래도 그들의 부정선거 행태는 분노를 금치 못하겠다. 그 뻔뻔스러움과 사악한 행위에 대해 나는 천벌을 언급했고 그것은 틀리지 않을 것이다.

나는 틀린 말을 하면 반드시 대가를 치른다. 그래서 틀린 말을 하지 않는다. 다만 2021년 1월 7일 꿈에 미국 대선 부정 선거에 대해 하늘에 항의했더니 괜찮다. 아직 부정 시험 답안지를 안 거둬갔다고 했는데 왜 바이든이 계속 통치하는지는 아직 모르겠지만, 내가 모르는 바는 많이 있어도 틀린 말은 하지 않으려고 한다.

코로나로 아프면서 생각하니 사악한 악의 무리들의 입장에서는 나 하나만 제거하면 끝 아닌가? 그러면 이 모든 일을 할 사람이 사라지니 나를 제거하려고 얼마나 혈안이 되었겠나? 그러나 나는 사방에 7개의 수호 별이 감싸 지키고 있어서 감히 그것들은 나를 상대할 수가 없다.

그래도 아프면서 수많은 사람들의 고통이 몸소 느껴졌고, 또 아픔 속에서 쓸쓸히 세상을 떠났을 그 슬픔이 마치 나의 일처럼 여겨져서 나의 코로나 투병기는 다시는 겪고 싶지 않은 일이면서 한 편으로는 고마운 체험이었다.

하지만 너무 아팠다. 저들의 마지막 나에 대한 공격인 셈인지라 보통 아픈 게 아니었다. 그래서 불평도 많이 했다. 딱 한 번 비몽사몽 헤매는데 창밖에 할아버지께서 걱정되셨는지 서서 지켜보고 계셨다.

내가 본 할아버지는 항상 엄격하셨다. 내게 잘못에는 가차 없이 단호하게, 잘했을 법한 일에는 칭찬 없이 당연하게 행동하시는 아주 인정머리 없는 분이시다. 아마도 사람들이 하나님 아버지라고 부르는 분이시다. 그분이 나의 할아버지다. 내가 처음 그분을 본 건 어느 날 자다가 갑자기 서늘한 느낌에 눈을 뜨니 나를 지켜보고 계신 게 아닌가?

그런데 머리는 희끗한 산발이었고, 얼굴을 사람의 형상이 아닌 황금빛 태양이었다. 무슨 이집트의 태양신 '라'도 아니고…. 그런데 그 엄격한 느낌이라니, 참…. 얼굴이 태양이니 눈이 부셔서 그냥 처다볼 수가 없었다.

나는 그날 이후 하늘에 태양을 보면서 할아버지 생각을 한다. 내가 그분을 할아버지라고 부르는 건 이 길을 가기가 몹시 힘이 들어서 자주 투덜거렸었는데, 그럴 때마다 '너무 투덜거리지는 마라….' 하는 생각이 절로 들었지만 워낙 고단하고 쉽지 않은 시간들이었던지라 부끄럽지만 불평을 자주 했었다.

그러던 어느 날 꿈에 내가 할머니에게 불만을 털어놓으니 "야 야! 네가 왕손불이라서 그런 거 아니냐."라고 하셨는데 왕손불인지 왕불손인지 뭔지, 말조차 어려웠지만 그 느낌은 하나님이 나의 할아버지라는 느낌이 들었다.

그 할아버지께서 세상을 통치하시는 분이다. 인간들이 알고 있는 천지 우주일 것이다. 요즘 우주선도 자주 보이고, 이재명이 얼굴에 둥근 걸 쓴 우주인에 의해 잡혀가는 걸 보면… 하여간 그분은 세상을 통치하시는 분이시지 사람들이 매달리고 호소한다고 해서 천지 우주의 이치를 마구 무너뜨리며 믿고 의지하니 봐주고 하시는 분이 아니시다.

그것은 나도 마찬가지이다. 사람들이 내 말을 듣든지 안 듣든지, 나를 믿고 따르든지 아니든지 아무 상관이 없다. 하늘로 돌아가는 데는 그저 진실 되고 선량한 마음이 전부다. 그러니 내 이야기가 황당하고 신뢰가 가지 않는다고 해도 나는 전혀 개의치 않는다. 다만 세상 사람들이 어지러운 세상에 너무 오래도록 고통을 받고 있으니 방법을 일러주는 것이다.

반드시 이재명 일당을 빠른 시간 내에 정리해야 한다. 그러고 나서 하늘의 이야기를 따를지 말지는 본인의 자유다. 세상의 모든 자유가 하늘의 뜻이고, 통제와 억압은 악의 산물이니 나 또한 모든 인간들에게 강요하지 않는다. 다만 일러 줄 뿐이다. 각자 자유롭고 행복하게 살면 된다.

그 행복할 수 있는 국가 시스템을 대통령이 주도해서 만들면 된다. 다만 윤석열 대통령이 하늘의 이치를 알지 못하여 번지수를 잘못 찾고 있는 바가 있어서 안타깝지만 언젠가는 알게 될 것이다. 이미 꿈에서는 수도 없이 조언을 듣고 갔으니…. 그가 하늘의 제대로 이치를 알면 통합이니 그런 소리는 못 할 것이다. 통합은 본인의 몫이 아니다. 이번 코로나로 세상도 나도 고생했지만 악의 세력들은 통합의 대상이 아니다.

사회주의는 악의 나라들이다. 중국, 러시아가 그렇고 북한 또한 마찬가지다. 이들은 해체되어야 할 산물들이다. 통합으로 해결되지 않는다. 나도 선의의 마음을 잘못 내어 이재명을 하늘에서 처리하지 못했고, 또한 종교인에게 호의를 베풀어 코로나로 죽다가 살아났다.

인간들의 오류

　　　　사람들은 흔히 모든 게 하늘의 뜻이라고 생각한다. 그래서 기독교들은 본인이 노력해서 시험을 잘 봐도 "하나님 감사합니다."를 외친다.

틀렸다. 하늘은 인간사에 개입하지 않는다. 그래서 하나님께 감사할 게 아니라 자기 자신을 대견하게 여기고, 도와준 가족들이나 주변에 고마워할 일이다. 하늘이 인간사에 개입했다면 문재인 같은 것들은 결코 대통령이 되지 못했을 것이고, 이재명 같은 것들도 벌써 저세상으로 떠나갔을 것이다.

지구는 지구의 시스템으로, 인간 세상은 인간 세상의 법칙으로 움직인다. 지금까지는 그래 왔다. 그러나 2019년 12월 26일 하늘의 신들이 내려오면서 지금은 신들의 적극적 개입이 이루어지고 있다.

그 결과 부정선거가 자행되었지만 대통령 선거에서 윤석열이 당선될 수 있었던 것이다. 결코 인간들의 힘만으로는 안 되는 일이었다. 하지만 그것도 개입일 뿐이다. 당사자는 인간들이다. 그래서 인간들 스스로의 힘과 노력으로 해결해나가는 것이 몹시 중요하다.

우파가 선이고 좌파는 악이다

　　　　세상은 100% 평등하다. 학교에서의 시험은 학생들의 실력과 상관없이 똑같은 문제를 풀어야 하지만 하늘의 이치로 돌아가는 이 세상은 학생들의 실력에 정확히 맞는 시험 문제를 풀고 있다. 그래서 학생 개개인의 특성에 맞는 각자의 문제를 풀기 때문에 그만큼 공평하다. 그리고 가장 중요한 것은 그 시험 문제를 자신이 태어나기 전에 스스로의 영적 성장을 위해 본인이 선택한다는 것이다.

　결국 지금 자신의 삶은 자신이 선택한 결과이다. 가난한 삶이 부유한 삶보다 영적 성장에 더 유리하기 때문에 자신이 당당하게 선택한 것이다. 그래서 이 세상은 100% 평등하다. 그럼에도 좌파들은 세상이 불공평하다고 엉터리 이야기를 하며 분열과 갈등을 조장하며 투쟁을 선동한다. 이들은 타인과 세상에 대한 애정으로 포장하는 것 같지만 속내와 실상은 악이다. 그래서 내 꿈에는 벌레로 등장한다. 결코 인간이 아니다. 그들은 하늘에 대한 반역 행위를 하고 있으며 반드시 대가를 치를 것이다. 그리고 내가 몹시 안타까운 것은 사람들이 자꾸만 세상의 잣대로 자신의 삶을 비추어 본다.

　하늘 아래 모든 사람은 똑같다. 재산, 학력, 건강, 그저 각자의 문제를 풀고 있는 중이다. 결국, 세상을 떠날 때는 오로지 자신의 마음만 갖고 간다. 그래서 모든 이들이 엉터리에 휘둘리지 말고 자신을 소중히 여기며 인간의 품격을 갖고 세상을 아름답게 살았으면 참 좋겠다는 생각이 든다.

천국에 이르는 방법

나의 블로그 프로필에 적혀있는 글귀다. "진실을 말하라. 성내지 마라. 가진 것이 적더라도 누가 와서 원하거든 선뜻 내어주라." 이 세 가지 덕으로 그대는 신들 곁으로 간다. 이 세 가지가 천국에 이르는 방법의 전부는 아니지만 굉장히 중요하다.

천국에 간다는 것은 더 이상 인간 세상에 올 필요가 없다는 것이다. 그것은 곧 인간이 신의 경지에 오른다는 것을 의미한다. 그래서 천국에 간다는 것은 신이 된다는 것이다.

그렇다면 이제 자신의 삶을 돌아보면 된다. 모든 인간의 마음을 털어내었는지. 그렇지 않고 누군가 천국을 논한다면 그것은 진실이 아니다. 모든 인간은 사후 하늘에 오를 수 있게 되는 정도의 공부가 되면 반드시 하늘의 기운이 임하게 된다. 그것은 마치 천신의 호위와 인도를 받는 모습으로 보이기도 한다. 그렇지 않다면 모든 인간은 죽어서 지옥으로 간다.

지옥에 가서 살아 있을 때 지은 과보에 따라 대가를 치르게 된다. 반드시. 그 과정을 거치면서 누군가는 진심으로 참회하면서 자신의 다음 생의 설계를 철저히 수행 위주로 짜기도 한다. 하지만 그 과정을 거친다고 모든 이들이 참회를 통해 각성하지는 않는다.

잘못해서 혼난다고 모든 아이들이 새사람이 되지 않는 이치이다. 마음자리를 바꾸는 것은 각고의 노력이 필요한 일이기에 무척이나 어려운 일이다. 그렇게 벌을 받은 이후 다음 생을 설계해서 또다시 인간의 몸으로 오게 된다.

그래서 천국에 간다는 것은 여러 생을 윤회하면서 그런 인간의 업을 다 씻어내고 나서야 주어지는 신의 경지에 오르는 것이기에 인간들의 생각과는 다르다.

그리고 신이 된다고 해서 모든 신들이 선한 것은 아니다. 인간에게는 서열이 없지만 신의 세계는 서열이 엄격하다. 서열만큼 능력이 주어지기에 그 안에서도 더 높은 신이 되기 위해서 다시 인간으로 와서 고된 시간들을 감내하기도 하는 것이다.

그리고 어떤 신들은 해서는 안 되는 행위들을 함부로 하기도 한다. 경계가 다른 인간의 삶에 개입을 하는 것이다. 그래서 어떤 종교를 믿든 많은 기적을 목도하게 되는데 그 안에는 전부 잡신들의 해코지가 있는 것이다. 그러니 인간의 힘과 노력으로 이루는 것이 아닌 것에 얽매여서는 안 될 일이다.

내게는 너무 교육적이고 좋은 분이셨지만 인간으로서 많은 과오를 지니셨던 우리 아버지는 지옥에 가서서 10년 이상을 고통을 받으셨고, 꿈에서 보니 불 아궁이 앞에 계셨는데 내 눈에는 그렇게 보이지만 아마도 불구덩이였을 것이다. 10년 이상이 지나고 나서야 꿈에서 내가 여기 있으면 안 된다고 얼른 모시고 나왔다.

그리고 우리 어머니는 천국에 가서서 어떤 모임에 끝에서 두 번째 기가 죽은 듯이 앉아 있었다. 두 분의 삶을 보면 아버지는 평생을 자신의 행복을 위해 즐겁게 살아오셨고 어머니는 일평생 남을 위한 희생과 헌신 그 자체였다. 그리고 무엇보다 본성이 선한 분이셨다.

어머니는 오늘 아침에도 하늘이 자신에게 너무 가혹한 거 아니냐는 말씀을 하셨지만 금세 잊어버리고 또 하루를 열심히 살아가신다. 내가 지금껏 만난 이들 가운데 천국에 가서 앉아 있는 이는 우리 어머니가 유일하다.

방송을 통해 본 모든 이들, 종교인들, 어쩌고저쩌고, 수많은 이들 가운데 어머니밖에 본 적이 없다. 지금까지는…. 나는 천국에 갈 수 있는 사람을 보면 그냥 마음이 기뻐진다. 본능적으로 마음이 반응한다.

최근 그냥 기쁜 사람이 한 명 생겼는데 아직은 그가 무지한 상태여서 언젠가 만나게 되면 그에게는 꼭 일러주고 싶은 가르침이 있다. 아마도 받아들이면 그는 평온하게 천국에 갈 수 있을지도 모른다. 그렇게 천국은 그냥 평소에 마음 편하게 살고 싶다는 생각을 갖는 이들에게 열려 있는 곳이 아니다. 인간이 신이 된다는 게 그렇게 쉬운 일 같은가? 그리고 그렇게 신이 되어서도 잘못을 저지르는 신들이 수두룩하다. 그것은 신의 세계의 권력과 힘 때문이다.

참, 인간도 신도 다들 무엇을 그리도 가지려고 하는지…. 지구는 인간들의 영적 성장을 위한 윤회의 공간이지만 다른 별에는 신들이 모여 사는 곳이 있다. 하지만 인간들의 과학적 눈으로는 관찰할 수 있는 영역이 아니다. 우주 탐사선을 보낸다고 관측할 수 없다. 지금 지구인의 영적 단계로는…. 그리고 이재명도 신이다. 악신…, 권력을 잡으려고 반란을 일으킨…. 하지만 하늘에서는 한 방에 찌그러져 있다가 인간 세상으로 내려와서 목에 힘을 좀 주고 있지만, 그는 곧 잡혀간다. 우주인…, 즉 신들에게 잡혀가게 된다.

그는 인간 세상에 올 때 여러 세력을 데리고 왔다. 그 정도의 힘이 있는 자다. 하지만 그들도 모두 같은 운명에 처하게 될 것이다. 더불어 문재인도 조금은 자숙의 시간을 가졌으면 좋았을 것을…. 어리석게 나대다가 결국 그냥 가는 게 아니라 우주 감옥으로 간다. 그를 잡으러 온 자들은 아주 무섭고 엄격한 존재들이었다.

내가 이런 이야기를 지금껏 하지 않았던 것은 인간들이 알아듣지 못하기 때문이었다. 간간이 지엽적인 부분만 밝혔을 뿐 털어놓지는 않았었는데 이제 곧 드러나는 때가 오고 있기 때문에 조금씩 빗장을 열고 있다.

지금껏 나와 같은 존재가 인간 세상에 온 적이 없다. 이재명 같은 정치인을 사람들이 세상에서 처음 만나는 것처럼…. 그에게는 오직 자신밖에 없다. 나는 오로지 남을 위해서 살아야 하고, 그래서 천국은 남을 위해 자신을 헌신하는 사람들이 이를 수 있는 곳임을 일러주고자 한다.

복지와 악업

사람들은 세상에 단돈 십 원 한 장도 공짜가 없다는 것을 잘 모른다. 이젠 아예 자녀 교육부터 노부모 부양까지 모든 것을 국가가 책임져야 한다고 생각한다.

나는 인간들이 만든 국가 통치 시스템에 대해 개입하고 싶지는 않다. 그러나 국가로부터 받는 모든 것도 결국은 남에게서 오는 것이다. 그 모든 것들이 전부 자신에게 빚이 되고 업이 됨을 알아야 한다. 자신의 업을 스스로의 노력으로 해결해야 하는데 그것을 국가에 미룬다는 것은 남에게 책임을 전가하는 것이기에 결코 업의 굴레에서 벗어나기 힘들다. 나는 그게 가슴 아프다. 세세생생 업이 자꾸만 쌓여서 그 안에서 허덕이게 되는 모습을 생각하면 안타깝기 그지없다

나는 세상 모든 사람들이 진심으로 행복하기를 바란다. 그러나, 지금의 복지 정책들은 하늘의 뜻이 아니다. 그 안에는 악마들의 교묘한 술수가 숨어 있다. 국가는 사람들이 각자의 노력으로 업의 굴레에서 벗어날 수 있도록 건강한 시스템을 만들어줘야 한다.

누구든지 타인에게 무엇을 얻기 위해서는 본인이 먼저 노력해야 한다. 그것이 어떤 형태이든…. 반드시 자기 업은 자기가 해결할 수밖에 없다. 자업자득은 굉장히 중요한 하늘의 이치임을 일러준다.

우주 서열 3위

원래 인간 세상에서의 선악의 전쟁도 2023년에 끝이 났어야 한다. 이미 그렇게 정해져 있었음에도 인간들의 주춤거림 때문에 결국 시기가 늦춰졌다. 그래서인지 2023년 8월 3일, 자다가 새벽에 갑자기 눈을 뜨니 할머니, 할아버지께서 나타나셨다. 그것은 꿈과 생시의 경계에서 볼 수 있는 그런 현상인데 그동안 나를 그냥 지켜보기만 하시더니 이제 끝이 되니까 직접 나오셨다. 그리고는 "고생했다."라고 하셨다.

나의 할아버지는 세상을 통치하시는 분이시다. 아주 철저하시고 근엄하시며 인정머리가 없는 분이랄까? 그때 숫자 3이 새겨졌는데 나는 그걸 보면서 당시에는 오로지 전쟁만 생각했던지라 날짜인 줄 알았다.

그러나 시간이 지나서 문득 그것은 나의 우주 서열임을 깨닫게 되었다. 인간 세상에서는 전혀 쓸모가 없는…. 그래서 나는 빨리 소명을 다한 후 하늘로 돌아가기를 기다린다. 아마도 세상에서 죽음의 순간이 가장 기쁜 사람은 나일 것이다.

하지만 인간들은 어쩌나? 부디 가르쳐준 대로 하늘의 마음으로 세상을 살기를 바란다. 그것이 천국에 갈 수 있는 유일한 방법이니.

귀신

　　얼마 전에 낮잠을 자다가 꿈을 꾸었다. 꿈속에서 낮잠을 자는데 옆방에서 어떤 남자가 내게 다가오는 게 아닌가? 그는 그 얼마 전 꿈에서도 복도에서 안으로 들어오려다가 나를 보더니 흠칫 놀라서 나가는 게 아닌가? 그때는 체크 코트류를 입었는데 이번에는 그냥 티셔츠를 입고 있었다.

　하여간 이 남자가 다가오길래 꿈에서 일어나서 거실로 나갔다. 그런데 다른 방에서 어떤 남자 둘이 뭘 하고 있는데 내가 아는 얼굴이었다. 그들이 내게 가위가 어딨냐고 하길래 벽에 걸린 걸 보고 이걸 쓰면 되겠다고 하니 저쪽에서 아까 그 남자가 가위를 들고 오는 게 아닌가?

　그래서 내가 그를 뚫어지게 보면서 "너는 그 방에서 쭉 살고 있는 거냐?" 하고 물었다. 그러고는 "나는 네가 보인다만 저 방에 있는 사람들은 어떻게 너를 보느냐." 하고 물으면서 생각해 보니 그들도 전부 귀신들이었다. 그렇게 인간과 귀신들이 같은 공간에 차원만 달리해서 사는 것이다.

　죽어서 그나마 원귀가 안 된 이들은 그렇게 떠돌면서 사는 것이다. 그런 걸 모르니 잠시 사는 이생에서의 삶을 소유와 집착으로 보내게 되는 것이다. 그 오랜 떠돌이 끝에 다시 인간으로 오기는 참으로 힘들다. 그렇게 윤회를 하면서 천국에 가기만을 바랄 텐데 사람들은 어느새 자신의 진심을 잊고 산다.

　사람들은 죽으면 천국을 가니 극락왕생하니 하지만 있어도 대부분 못 간다. 그저 인간 세상에서 형체 없이 살 뿐이다. 정신 제대로 안 차리면 천국의 문을 열 수 없음을 알아야 한다.

박근혜 전 대통령 꿈

별생각을 하지 않음에도 2022년에 박근혜 전 대통령 꿈을 3번 꾸었다. 맨 처음에 꾼 꿈은 사면 전이었는데 고택이 보이고 누군가 내게 비빔밥 한 그릇을 갖다 주길래 그 그릇을 들어 바닥을 보니 토성에서 만들었다고 되어 있었다. 메이드 인 토성 뜬금없이 웬 토성? 하여간 그걸 들고 찾아가니 이미 다른 사람들과 불고기, 회를 맛있게 드시고 있어서 그냥 가져왔다.

그리고 두 번째는 몇 달 전인데… 8월의 심판을 기다리던 어느 날이었다. 우리 엄마가 운영하는 마트에 젊은 도둑놈들이 6~7명 들어와서는 온갖 걸 훔쳐 먹고 있어서 경찰을 불렀다. 2명이 경찰차를 타고 왔는데 잡아갈 생각을 하지 않아서 내가 큰 소리로 경고를 했다. 왜 안 잡아가냐고…. 그중 한 경찰은 약간 덩치가 크고 얼굴이 각진 모습이었다. 덩치가 크다는 건 제법 신분이 높다는 걸 의미한다. 그런데 우리 엄마 마트 한 귀퉁이에서 뭘 팔고 있는 아줌마가 보이길래 왜 도둑놈들을 저지하지 않냐고 얘기하는데 느낌이 박근혜 전 대통령이었다. 그분의 성정과 좀 비슷했다. 결국 안 잡아서 나는 화가 났는데 나중에는 6~7명의 도둑놈들이 10명 정도로 늘어났다.

이 꿈에서 '왜 우리 아버지가 아니라 어머니의 마트였을까?' 하는 생각을 해보지만 아직 그 답을 명확히는 모르겠다. 아마도 지구의 통치와 상관있지 않을까 유추해본다. 박근혜 전 대통령 임기 중 일어난 도적 떼들의 소행과 상관있을 것이다.

또 세 번째 꿈은 얼마 전이었는데 학교에서 교장 선생님과 여러 선생님들이 계시는데 내가 양손을 들고 발언을 했다. 박근혜 전 대통령께서 집이 없으시니 집을 해드려야겠다고…. '이건 또 뭐고? 이미 집은 있으신데?'

어떤 꿈들은 한 번에 알아차리지만 많은 꿈들은 의미를 깨닫는 데 제법 많은 시간이 소요되기도 한다. 어떻든 앞으로는 박근혜 전 대통령에게 관심을 가져볼 일이다. 세상이 어찌 된 일인지 무능했던 노무현은 추앙받고 박근혜 전 대통령은 진면목을 제대로 평가받지 못하니…. 악한 것들의 힘이 참 만만치가 않다.

역사 인식

　　5·18은 악의 세력들과 상관이 있다. 나는 이 길을 가면서 세상일의 진실과 의미가 사람들이 생각하고 있는 것과는 차이가 많다는 것을 알고 요즘은 삶이 무척 괴롭다.

　예전에는 사람을 미워해 본 적이 거의 없다. 오래전부터 세상 모든 사람을 측은지심의 자비심으로 바라봤고 꾸준히 도를 닦고 있었던지라 참회하는 고통을 알기에 악심을 품지도 않았고, 악행을 하지도 않으려고 노력했다. 그래서 미움은 내게 무척 생소한 단어다.

　그런데 요즘은 사람들을 만나는 것이 힘들다. 나쁜 인간들을 보면 절로 인상이 써지고 기분이 나빠지고 마음이 몹시 불편하다. 예전 같았으면 문재인을 보고도 무슨 사정이 있겠지 하는 생각을 했을 법한데 요즘은 절로 문 쓰레기라는 말이 나온다. 이런 내가 나도 견디기 힘들다.

　세상에 악마들이 멀쩡하게 인간의 탈을 쓰고 국회의원이 되고 유명인으로 활보하는 걸 보면서 얼마나 괴롭겠나? 그 고통은 아무도 짐작할 수 없을 것이다. 세상 아무도 미워하지 않다가 우리나라에만도 35%의 악마 조력자들이 있다는 걸 알면서 그들을 어떻게 해야 하는 고민을 하니 마음이 몹시 괴롭다. 사실 그들은 선한 자들의 적이다.

지금은 선과 악의 전쟁 중이다. 하늘의 전쟁은 끝이 나고 인간 세상에서 이어지고 있는 것이다. 그래서 협치라는 말은 틀린 말이다. 5·18이 과연 민주화 운동인가? 내가 알았던 역사와 배웠던 지식들과 지금에서 생각하고 바라보는 것들의 차이가 엄청나게 크다. 바로 앞 전생에 문 씨는 민란에 가담했었다. 그래서 요즘은 민란에 대해서도 다른 관점에서 바라봐진다. 마구 머리가 복잡하다.

그러나 중요한 건 광주는 빛의 고을이 아니다. 빛이 가장 필요한 고을이다. 그것은 어둠의 지역이라는 것이다. 이 모든 것은 나의 숙제이다. 대통령이 할 수 있는 일이 아니다. 자칫 하늘의 뜻을 헤아리지 못하고 잘못 행동하면 그 책임을 져야 한다.

5·18은 반드시 다시 바라봐야 한다. 철저한 진상 조사부터 새로 시작해야 할 일이다. 그러나 그것도 대통령이 제안하고 지시할 일이 아니다. 지금 같은 분위기에서 누가 고양이 목에 방울을 달 수 있겠나? 하지만 진실은 드러나게 되어 있다. 하늘은 선한 자의 편이지 모두의 편이 아니다.

치 유

　　병의 원인을 찾아 그것을 스스로의 노력으로 해결할 수 있도록 방법을 일러주며 하늘의 기운으로 그들을 낫게 하여 천심으로 살게 한다.

　나의 첫 치유는 엄마가 당첨이었다. 예전에도 몸이 많이 아프다고 하셔서 좀 짠하길래 한번 만져주었더니 괜찮아지셨는지 그 이후에도 내 앞에서 앓는 소리를 가끔 하셨지만 나는 모르는 척했다. 왜냐하면, 내가 몇 년 전부터 엄마 병의 원인은 70%가 위에서 온다고 그걸 노력하라고 했더니 들은 체 만 체하면서 소화만 잘된다고 하시길래 나도 무심하게 엄마가 앓아도 그냥 지나쳤었다.

　그런데 얼마 전 병원 검진에서 위장 장애가 가장 심각한 질병으로 나온 결과지를 보고는 충격을 받으셨길래 내가 본격적으로 고쳐주기로 했다.

　모든 병에는 반드시 원인이 있다. 그 원인을 해결하지 않으면 병이 낫지를 않는다. 우리 엄마는 70%가 식습관으로 인한 위장 장애이고, 20%는 삶에서 만들어진 마음의 병이고, 10%가 돈에 대한 애착에서 비롯된 것이었다. 원인이 이러한데 내가 만져서 그냥 치유하면 엄마가 만든 병은 절대 완벽히 나아질 수 없다.

　그래서 식습관을 고치고 속을 비우면서 시작을 했고, 마음을 내려놓는 수행과 경제적 어려움에 대한 착을 없애니 체중이 빠지고 걷기가 수월해지면서 삶이 편안해졌다. 여기까지는 엄마의 노력이 반드시 선행되어야 하는 부분이다. 아픈 사람을 내가 만지기만 하면 끝나면 의사는 뭘 먹고 살겠나?

하늘이 인간사에 그런 방법으로 개입하는 것을 쉽게 하는 것은 잘못이다. 치유가 그 사람의 수행과 영적 성장에 걸림이 되어서는 안 되는 것이기 때문이다. 어떤 이는 세상에 올 때 이미 자신의 삶을 설계하면서 병을 통해 깨달음을 얻고자 준비를 하고 왔는데 육신이 바뀌어서 본인이 그걸 망각했다고 해서 모든 걸 아는 내가 그냥 덜렁 고쳐준다는 것은 바람직하지 않다.

엄마의 경우도 본인이 그렇게 노력하고 나면 그 이후에 내가 몸의 기운을 제대로 돌려서 마음만큼 건강한 몸을 만들어 줄 것이다. 물론 본인도 꾸준히 건강한 심신을 유지하기 위한 노력을 게을리해서는 안 된다. 그것이 인간의 삶을 변화시키는 진정한 치유인 것이다.

그러나 모든 사람들에게 이 방법을 쓰는 것은 아니다. 하지만 누구에게나 원인을 밝혀주고 그것을 바꾸기 위한 스스로의 노력이 선행되어야 함은 꼭 필요한 일이다. 그래야 인간 전체를 치유하는 일이 된다.

소명의 길을 가는 어려움

　　　　　나는 이 길을 가면서 모든 것을 잃었다. 하지만 그러면서도 온 세상을 꿈꿔야 했다. 어쨌든 그에 굴하지 않고 지난 6년 가까운 시간 동안 열심히 공부를 마쳤고, 모든 것을 깨닫게 되었지만, 여전히 몹시 어렵다.

　지금 나는 내 생활이 평온하고 풍요롭기를 바라지 않는다. 왜냐하면, 세상이 이리도 어렵고 사람들이 힘든데 어찌 나만 편안하고 여유로울 수 있겠나? 하지만 나는 나의 모든 어려움을 곧 해결할 것이다. 그래야 사람들에게 어려움의 원인과 해결 방법을 일러주어 이겨내는 기쁨을 누리며 성장의 기회를 줄 수 있지 않겠나? 나는 그것을 몸소 체험하여 그들의 삶에 희망의 증거가 될 것이다.

역사 인식의 전환

2023년 3월 16일, 꿈에 어떤 신이 나에게 갑자기 역사 공부를 하라고 하길래 조금은 의아했는데 어떻게 하냐고 물으니 그냥 강의를 틀어놓고 들으면 된다고 했다. 그런데 내가 3월 16일 일기에 꿈 얘기를 썼다는 것은 3월 15일 밤에 꿨다는 의미인데 그날은 이승만 대통령과 밀접한 관련이 있는 날이다.

하여간 그 꿈 이후로 공교롭게 유튜브 채널 KNL에서 현대사 강의를 방송하고 있어서 관심 있게 듣는데 들을수록 놀랍다. 대한민국의 현대사는 그야말로 선과 악의 전쟁이 치열하게 전개되던 시기였다. 강의를 들으면서 새삼 이승만, 박정희, 전두환 대통령의 역할이 대한민국 역사와 발전을 지탱한 근간이 되었구나 싶어서 무척 감사드린다.

자유 민주주의는 하늘의 뜻이요 선이다. 그걸 수호하기 위해서 노력했던 분들에 대해 내가 꼭 알아야 하겠기에 특별히 역사 강의를 들으라고 신들이 방송까지 계획했는데 들을수록 더 놀라웠던 것은 민주화 운동에 대해서이다.

'과연 그 배후에 악의 세력에 의해 통치되는 북한이 있다면 그것을 과연 민주화 운동이라고 부를 수 있을까?' 하는 것이다. 나는 세상 모든 사람을 사랑해야 하는 줄 알고 시작했던 이 길이 공부가 되어가면서 오히려 악과의 전쟁에 투사와 같은 마음으로 세상을 보게 되니 어찌 안타깝지 않은가? 그것도 선봉장 같은 마음으로….

　그래도 그들은 하늘의 뜻에 위배되는 적들이니 당연히 칼을 들어야겠지만 투쟁하는 마음이 편치만은 않다. 하지만 반드시 해내야 할 일이니…. 그리고 보니 지난 8월 어느 날 꿈에서 신들이 학생들에게 김정은 죽이고 올 사람 손 들라고 했으니 북한의 주민들도 곧 악마의 압제에서 벗어나게 된다는 게 무척 기쁘다. 세상 모든 악이 소멸될 수는 없을 것이다. 왜냐하면, 인간의 어리석은 욕심이 사라지지 않는 한….

　하지만 더욱 많은 사람들이 하늘의 마음으로 살아가는 수행을 한다면 점점 악은 설 자리를 잃게 되고 언젠가 인간 세상에서 자취를 감출 날이 오기를 기대해본다.

영적 성장을 위하여

어떤 이들은 항상 이렇게 말한다.

"난 원래 이래.", "냅둬. 이렇게 살다가 죽을래."

나는 이런 이야기가 가장 듣기 싫다.

이건 자신의 영적 성장에 가장 걸림돌이다.

원래 이런 모습이란 태어날 때의 근기밖에 되지 않는다.

그걸 그대로 유지하면 이번 생에 조금의 발전도 이루지 못한 거다.

나 자신의 모습을 아집과 독선으로 유지하기보다는 항상 열린 마음으로 변화와 새로움을 추구하는 게 타고난 영적 근기를 성장시키는 비결이다.

변화를 위한 노력!

인간의 본성

2022년에 외사촌 오빠가 세상을 떠났다. 나는 살려 주고 싶었지만 그렇게 하지 못했다. 그런데 죽고 나서 내 꿈에 보이는 모습은 얼굴은 원숭이요, 다리는 거미 비슷하게 생겼으면서 꼬리도 달려 있었는데 온몸이 새까맸다. 그제야 나는 왜 살 수 있는 기회를 주지 못했는지를 알게 됐다.

그런데 그때 오빠 옆에 한 사람이 더 있었는데 똑같이 새까만 존재였다. 그래서 당시에 외사촌 언니에게 꿈 얘기를 하면서 누가 한 사람 더 죽겠다고 미리 얘기했기에 이 글을 써도 되는 것이다.

그리고 1년이 지나서 이모부가 세상을 떠나셨다. 내가 기억하는 이모부는 더할 나위 없이 좋은 분이셨다. 그래서 상갓집에 밤늦도록 손님들이 추모하기 위해 찾아왔었다고 동생이 전해 주었다. 다행히 주말에 돌아가셨는데 다음 월요일이 아이 시험이라서 나는 못 갈 사유가 되었었다.

엄마는 내게 인간의 기본 도리 운운했지만 나는 인간도 아니거니와 무엇보다 까만 존재들은 편안히 대할 수가 없다. 어쨌든 이모부의 죽음은 내게는 몹시 마음 아픈 일이었다. 그러면서도 많은 공부거리가 되었다. 주변 모든 사람들이 선한 성품을 칭송하는 분이 본성은 까만 존재라는 게 내게도 충격적인 일이었다. 본성과 사회적으로 드러난 모습의 차이가 극단적일 수 있다는 게 놀라웠다. 왜냐하면, 가까이 있는 이들은 이미 나의 편견이 반영되어 있기에 온전히 마음으로 본성을 느끼기가 쉽지 않다. 그래서 늘상 너무 좋은 사람이라고 생각했던 이들이 본성이 그렇게 까맣다는 것은 내게도 오래도록 공부거리가 될 일이다.

그리고 역시 생각과 마음의 차이는 일치하면 참으로 바람직한데 그것 또한 쉽지 않은 일이라는 걸 새삼 깨달으며 이들이 내게 검은 존재로 보인다는 것은 모든 걸 떠나서 하늘은 오로지 인간의 본성만 본다는 것을 다시 한번 각인시켜 주는 일이었다.

얼마 전 몇 년 만에 예전 직장 선배에게 전화가 왔었다. 처음에는 으레 하는 인사만 나누다가 그래도 내게 연락을 했을 때는 의미가 있을 거라고 생각해서 이런저런 얘기를 나누다 보니 거의 1시간 가까이 통화를 하게 됐다.

그분은 예전에 나와 같이 근무를 할 때 내가 너무 좋은 사람이라서 친하게 지내고 싶었다고…. 그래서 내가 직장을 그만둔 이후로도 내 생각을 많이 했었는데 저녁에 학교 운동장을 돌면서 하늘을 보다 보니 내게 전화를 하게 됐다고…. 예전에 나를 보면 항상 웃는 모습이 먼저 떠오른다고 했다.

그리고 보면 나는 웃는 얼굴이 마음의 근본이요 타인에 대한 공덕이라고 생각했었다. 그리고 태생적으로 내가 겪는 삶의 어려움에 그다지 개의치 않아서인지 항상 웃고 다녔다.

하지만 그 선배는 모를 것이다. 내가 이 길을 가면서는 날마다 눈물을 흘린다는 걸…. 처음에는 내가 인간으로 살면서 알고도 짓고 모르고도 지은 수많은 잘못들이 부끄러워서 참회의 눈물을 흘렸고 나중에는 인간들의 어리석음과 무거운 윤회의 업보가 안타까워서 매일 절로 눈물을 흘린다는 것을…. 그리고 요즘에는 악의 무리 소탕 때까지 갇혀 있는 삶이 너무 지겨워 신세 한탄의 눈물까지 가세해서 틈만 나면 이런저런 눈물이 난다.

그런데 선배와 통화하다가 내가 예전에 각별히 가깝게 지내던 분이 연락이 두절되면서 죽었다는 이야기가 들려온다고 전해주었다. 그래서 정말 죽었는지가 궁금하다고…. 나도 몹시 놀랐고 궁금했다.

그러나 나는 무엇이든 온전히 마음으로 느끼고 판단하는 데 생각이 개입되면 답을 얻기가 어렵다. 그래서 통화가 끝난 후 명상을 해도 불안한 마음에 헷갈려서 오래전 사두었던 타로 타드를 꺼냈다. 78장 카드 중 딱 1장을 뽑았는데 그것은 심판 카드였다.

다음 날 수소문을 해서 결국 그분이 4~5개월 전에 세상을 떠났다는 걸 알게 되었다. 하필 왜 심판 카드였을까…?

그분은 내가 직장을 옮겨서 첫 회식을 하면서 인연이 깊어졌다. 식사 후 2차로 간 노래방이었는데 나를 옆방으로 부르길래 따라가니 대놓고 나를 보고 "나는 네가 싫어." 하는 게 아닌가? 약간 황당은 했지만 그러려니 생각했다. 나도 그런 이야기를 얼굴 보면서 하는 사람은 평생 처음 봤다.

그러나 나는 원래 남의 이야기에 크게 연연하지 않는다. 나와 띠 동갑인 그분은 싱글인지라 아침을 굶고 오신다는 걸 알아서 다음 날부터 출근하면서 시장에 들러서 떡도 사고 김밥도 사서 그분 책상 위에 올려두었다. 나로서는 단지 배고플 것 같아서 마음 쓴 게 전부였다.

그렇게 한 달이 지난 어느 날 술자리에서 그분이 나를 보고 하시는 말씀이 "나는 네가 제일 좋아." 하는 게 아닌가? 그 이후로 20년 이상 정말 좋은 친구로 지냈다. 내가 술 마시다가 밤 12시에 전화해도 주무시다가 일어나서 나오셨다. 심지어 명퇴하시고는 살던 집을 팔고 우리 아파트와 울타리를 같이 쓰는 바로 옆 아파트로 이사 오셨었다. 그런 분이었는데 이 길을 걸으면서 일체 연락을 안 하게 되었다. 그런데 심판 카드라니….

내가 예전에 엄마에게 그런 이야기를 했었다. 지금 죽는 사람들이 가장 억울하다고. 하늘의 뜻이 어떤지도 제대로 알지 못하고 세상을 떠나게 되니 얼마나 안타깝냐고….

내가 아는 그분은 배달 앱도 쓰지 않으셨다. 영세 자영업자에게 피해를 끼친다고…. 그리고 동네 GS 슈퍼를 안 가고 꼭 구멍가게를 가셨다. 나에게는 굉장히 관대하셨지만 칼같이 경우 바른 분이었는데…. 어쨌든 가슴이 몹시 아프고 미안하다.

그러다가 며칠 전 처음으로 내 꿈에 나타났는데 아무 말도 하지 않았고 몸은 동물이 아닌 인간이었지만 얼굴이 검었다. 어쩌자고 검은 마음을 가졌을까? 참으로 안타까웠다. 그래서 나는 이 길을 가면서 인간의 겉으로 드러난 모습을 믿지 않는다. 오로지 마음으로 느낀다. 그러나 그러기 위해서는 내 마음이 항상 반듯해야 한다. 내 마음에 왜곡이 생기면 바르게 느끼기가 어렵기 때문이다.

인간의 본성에 대해 깊은 생각을 해본다. 선한 본성이 드러나는 삶, 겉과 속이 일치하는 삶, 그런 삶이 참으로 어려운 일인가 보다.

구세주

　　나는 사람들에게 운명 상담하는 것을 좋아하지 않는다. 다만 그것은 방편일 뿐이다. 세상 사람들이 알아들을 수 있도록 이야기하기 위한…. 사실 자신의 운명은 자신이 만들 수 있는데 뭘 남에게 의존한단 말인가? 나는 다만 하늘의 메시지를 전달하기 위해 세상에 왔다.

　그게 곧 사람들에게 구원받을 수 있는 길을 일러주는 것이리라. 지난번 군산(君山) 꿈을 꾸었을 때 이미 산꼭대기에 여러 명의 남자, 여자들이 있는 것을 봤기에 그들은 아마도 곳곳에서 자신이 구세주라고 외치며 혹세무민하고 있을 것이다.

　하지만 세상 어떤 종교도. 그 어떤 선지자도 가르침과 믿음만으로 사람을 구원할 수 없다. 하늘도 인간을 구원할 수 없다. 인간을 구원하지 않는다. 그래서 나도 인간으로 와서 구원의 메시지를 전달하는 것이다.

　그것은 자신이 지은 것은 자신이 받아가며 해결해야 하는 것이 우주 법계의 이치이기 때문이다. 마구 저질러놓고 들림 현상으로 하늘로 올라가는 일은 절대 없다. 세상에 구세주는 자기 자신밖에 없음을 명심해야 한다. 자신을 하늘에 이를 수 있도록 만들 수 있는 이는 자신뿐이다. 자신의 마음과 말과 행동이 자신을 하늘로 이끄는 것이다.

세상 사람들은 나를 알지 못한다. 나만 나를 알고 느낄 뿐이다. 하지만 나를 알더라도 아무 소용이 없다. 나를 믿고 따른다고 천국 절대 못 가기 때문이다. 어떤 종교를 믿고 얼마를 헌금하고 어떤 봉사를 하고 누구를 따르는지는 결코 의미가 없다. 그러니 남을 믿지 말고 자신을 믿고, 또 자신을 믿으려면 자신의 능력이 탁월해야 하니 기도로써 능력도 개발하고, 스스로 믿을 수 있는 가치 있는 존재가 돼야 한다.

거듭 말하지만, 이 우주에 존재하는 구세주는 자신뿐이다. 자신을 하늘로 구원할지 아니면 윤회고를 반복할지는 오로지 자신에게 달려 있다. 내가 메시아임을 밝히는 것은 인간들을 구원해 줄 하늘의 가르침을 갖고 세상에 왔기 때문이지 그 이상도 이하도 아니다.

6년째 되는 날의 한동훈 꿈

2023년 12월 12일은 내가 이 길을 가게 된 지 6년째 되는 날이다. 어떻게 이 힘들고 어려운 길을 혼자서 걸어왔는지…. 나만 나를 대견하게 생각한다. 오늘은 좀 특별한 꿈을 꾸게 될 거라 생각했는데 의외로 나머지는 흐릿하다. 다만 꿈에서 내가 부적을 가장 먼저 주었던 친구가 생일이라서 선물을 받는 모습이 보였다. 그리고 대부분은 엉켜서 헷갈리는데 그 와중에 한동훈 꿈을 꾸었다.

내가 그의 과거 생 중 한 가지를 페북에 적었더니 그게 많은 사람들에 의해 회자되었다. '조선 제일의 검객'이 그것이다. 그의 전생 중 현생과 가장 관련 깊은 두 생 중 하나이다. 까만 옷을 입고 날아다니듯 움직이며 적은 말수로 한방에 적을 제압하는 솜씨가 예사롭지 않다.

그러나 나는 그의 모든 품성에 작용하는 다른 생을 들여다보면서 그의 모습을 오버랩시키고 있으나 그것은 나만 알고 있을 것이다.

그런데 특별한 날 내가 전혀 생각지도 않았던 한동훈 꿈을 꾼 것이다. 내가 그의 팬티를 굵은 털실로 내가 꿰매주었는데 상당히 낡았었다. 그것은 일반적인 팬티 꿈이 조력자, 협력자를 의미한다면 그의 주변에 있는 자들의 모습을 나타내는 것이고, 또한 속옷이 의미하는 바는 내적 결심과도 상관이 있다.

그가 사사로운 마음으로 비대위원장을 수락한 것이 아니다. 굵은 털실은 그의 굳건한 결심을 보여주는 것이고 내가 그걸 꿰맨 것은 하늘이 돕는다는 걸 뜻한다. 다만 팬티를 꿰맨 후 계단을 내려가서 지하에 위치한 탁한 연못에서 무엇을 꺼내다 주어야 하는데 그걸 관리하는 여자 과학 교사가 있었고 아귀 닮은 괴물고기 여러 마리와 회색 얼룩의 개가 지키고 있어서 물속에서 꺼내지를 못했다. 그게 관건이다.

과학 교사인 것은 과학 장비를 뜻하며, 여자인 것은 그 주체의 본신이 여자라는 것이다. 아주 나쁜 사람으로 보이지 않는 것은 그도 이렇게까지 중요한 범죄임을 자각하지 못하고 있다는 것을 보여준다. 아마도 어리석은 사상적 공명심이 그에게 있을 것이다. 부정선거가 정의를 구현하는 수단이라고 하는 덜떨어진 개쓰레기 무리들 지자자이다.

그리고 괴물고기들은 내가 그동안 아쿠아맨이나 작년 음력 1월 2일 꿈에 대한 글을 쓰면서 밝힌 천지개벽과 물고기들과 연관이 있다. 또한 지구인들의 탄생과 일맥상통하는 것이다. 그래서 입 큰 괴물고기로 나왔는데 색이 검었고 그것은 속성이 검다는 것이다.

나머지 회색 개는 마구 짖었는데 까맣지 않은 것은 그만큼의 악한 존재는 아니지만 부정선거에 대해 인지하고 있기에 공격적으로 짖으며 지키는 것이다. 그게 개라는 것은 시키는 대로 하는 존재라는 걸 보여준다. 한 마리였으니 한 놈이고 개 같은 놈이리라.

내가 꿈에서 꺼내오지 못한 것은 이미 그들이 준비하고 관리 중이라는 걸 뜻하니 이제 인간들이 노력해야 할 차례다. 부정선거를 막지 못하면 아무리 좋은 정책과 인재를 등판시켜도 총선에서 절대 이길 수 없다. 총선이 가까워지면 여론 조작에 나설 것이고 공작을 저지를 것이며 대형 사고도 일으키게 된다. 그러면서 개쓰레기 무리들에 유리한 막판 여론 조사 결과가 나오면서 총선은 뻔한 결과를 맞이하게 된다.

　이제 더이상 어리석게 행동할 때가 아니다. 내 꿈을 통해 미리 보여주었으니 나머지는 인간들의 몫이다. 사람들은 신이 모든 걸 좌우한다고 생각하지만 그렇지 않다. 인간 세상의 주인은 인간임을 명심해야 한다.

신은 외부에 있는지? 내 안에 있는지?

신의 존재는 외부에 있다. 실존하는 외적 존재임은 틀림없다. 인간은 인간일 뿐이다. 다만 신이 내 안에 있다고 표현하는 것은 신을 만나기 위한 방법이 반드시 내 진심을 통해서이기 때문이다. 신은 어리석거나 어지러운 인간의 생각을 갖고 만날 수 있는 존재가 아니다.

내 마음이 하늘의 마음일 때 하늘의 신을 만날 수 있다. 그저 인간의 생각을 갖고 있을 때 접근하는 모든 신은 잡신이다. 그것들은 인간을 삶을 지배하고 종속시키려는 속성을 갖고 있다. 그렇게 해서 세력을 확장시키고 힘을 과시하려 인간들에게 접근해서 얄팍한 기적을 보여주거나 혹하게 만들어 인간의 삶을 그들의 종으로 만들어 결국 벗어나기 힘든 인간들은 피폐한 삶을 살게 된다. 그러니 기적이나 초월적인 능력에 혹해서는 안 된다.

하늘은 인간들 스스로 모든 업을 소멸시키고 윤회를 끝내서 신의 반열에 오를 수 있기를 바란다. 그래서 하늘이 이미 세상에 내려와 있지만, 인간의 모습으로 평범하게 존재하는 것은 인간들이 그를 믿고 따르라는 것이 아니라 그저 하늘의 가르침을 받들어 순리대로 살며 자기 삶의 주체가 되기를 바라는 뜻에서이다. 고로 내 마음이 천심이 아니면 그 마음 안에 신은 없다. 반드시 천심일 때 신을 느낄 수 있는 것이다.

인간은 신이 될 수도 있나요?
아니면 신으로 태어난 건가요?

어떤 분이 내게 페북에 질문을 하셔서 그에 대한 답변을 올린다. 이 글은 나에 대한 질문의 답변인 동시에 세상 사람들에게 주는 메시지이며 그동안 여러 글에서 이미 밝혔지만 읽어 보지 않은 사람들도 많겠기에 정리를 하고자 한다.

인간은 누구나 신이 될 수 있다. 신이 되어야 천국에 갈 수 있기 때문이다. 하늘이 인간들에게 바라는 것이기도 하지만 인간으로 살면서 몹시 어렵기에 부처님이 삶을 고통의 바다라고 표현하신 것이다. 살면서 지은 모든 언행의 업이 결국 자신에게 세세생생 고통으로 돌아오기 때문에 인간 업으로부터 벗어나기를 하늘은 간절히 바란다.

그러나 그러기 위해서는 사람들의 영혼이 본질에 접근하는 삶을 살아야 하는데 실상은 대부분 돈과 껍데기에 전념한다. 그래서 인간들은 금은보화라고 생각하는 것이 알고 보면 인간의 삶을 가장 힘들게 하는 쓰레기인 것이다.

인간들이 자신이 과거와 현재의 삶에서 지은 모든 업의 굴레에서 벗어나면 더 이상 인간의 삶을 반복하지 않아도 된다. 그래서 하늘로 올라가서 신적인 존재가 된다. 그게 바로 천국이다. 그러니 예수를 믿는다고 천국에 갈 수 있는 게 아니며 그렇게 말하는 누군가가 있다면 그건 무지하거나 잘못된 신념이겠지만 어쨌든 엉터리이다. 그리고 지구에서의 삶은 가장 하위 단계인 인간으로서의 삶을 반복하고 성장하는 곳이며 각기 다른 행성들에서도 차원이 다른 삶이 이루어진다.

인간이 천국에 갈 수 있는 정도의 영적 성장이 이루어지지 않았다면 사후에 모든 인간은 지옥의 관문을 거치게 된다. 마치 영화「신과 함께」처럼 다시 인간으로 태어나기도 어려운 것이다. 왜냐하면, 자신이 거쳐온 삶의 과정에서 지은 모든 업에 대한 대가를 치르며 그것을 돌아봐야 하기 때문이다. 그런 과정을 거쳐서 다시 인간으로 오는데도 왜 그리 범죄가 많냐고 하면 그것은 지옥의 과정을 거치는 것으로는 영혼이 맑아지기 어렵기 때문이다.

영혼의 성장은 인간으로서 있을 때 가능한 일이다. 그리고 세상의 범죄는 대부분 서로 업을 주고받는 형태로 이루어진다. 다만 지금은 악의 무리들에 의해 의도적으로 왜곡돼서 자연스러운 사회 현상은 아닌지라 2019년 12월 25일 하늘에서 신들이 내려와서 영적 전쟁을 하고 있는 중이니 정상적인 상황은 아닌 셈이다.

어쨌든 지금의 인간 세상에서의 선과 악의 전쟁은 곧 끝이 난다. 조금 더 빨리 이루어졌어야 어지러운 세상이 바로잡히고 다시 정상적인 윤회와 영적 성장을 이룰 수 있는 지구가 될 텐데 안타깝다. 또한 인간이 하늘로 가서 신이 되고 나면 천국에 머무르게 되는데 그곳은 평화롭고 아름답지만 신의 세계도 서열이 있으며 그것은 신의 능력과도 상관있기에 매우 엄격하다. 그래서 신들도 더 높이 올라가기 위해서 다시 인간 세상으로 내려와 온갖 고난을 겪어가면서 영혼의 성장을 이루어서 더 높은 서열의 신이 된다. 여기까지는 '인간이 신이 될 수 있는가?'에 대한 답이고⋯.

내가 신이 되었는지 아니면 신으로 태어난 것인지에 대한 답변은 신으로 태어난 것이라는 말씀을 드린다. 아주 어린 시절 밤에 자다가 일어나서 혼자 대청마루에 앉아서 깜깜한 하늘의 별을 자주 바라보고는 했는데 그걸 보고 어른들이 몽유병이라고 생각했지만 전부 이유가 있었던 일들이었다.

그리고 초등학교 4학년 때쯤, 어느 날 하교하면서 다리 위에 서서 허공을 바라보며 내가 만든 우주선을 타고 목성을 가야겠다고 생각했는데 그건 이전에 어떤 계기도 없이 그냥 들었던 생각이었다. 왜 그랬는지 그때는 알 수 없었다. 그리고 16세 때부터 종교와 철학에 관한 책들을 읽으면서 삶에 대해 성찰하며 많은 시간을 보냈었다.

그때는 단순히 지적 허영심일지도 모른다고 생각했었는데 그것 역시 이유가 있는 행위였었다. 무엇보다 나는 길을 지나가면서도 사람들을 보면 전부 측은지심의 마음으로 바라보았다. 그것이 왜인지는 몰랐지만 그저 세상 모든 인간이 짠해 보였는데 알고 보니 그게 내가 세상에 온 이유였다. 어느 날 칠곡에 어떤 무속인을 찾아가니 그분이 하시는 말씀이 하늘에서 내려다보니 인간들이 사는 모습이 짠해서 내려왔다고 하길래 그냥 그런 줄만 알았다.

그러다가 30대 초반에 계룡산에 있는 도인 도량에서 한 달에 한 번씩 법회를 하면서 기도를 했는데 그 당시 그곳의 큰스님을 모든 분들이 법신 부처라고 생각했다. 그분은 우리나라에서 가장 유명한 골프 선수 아버지가 시주를 많이 하시기도 했고 사람들이 억대 외제차를 시주하기도 했으며 지리산에 힐링 타운을 시주 받아 운영하기도 하는 그런 정도의 스님이었다.

내가 젊은 날 그분을 처음 만나 상담하는데 나한테 본인이 방송국의 주파수를 마구 움직일 수 있다는 말씀을 하시기도 했으며 법문을 굉장히 힘 있게 잘하는 분이었다.

나와 함께 그 절에 다녔던 우리 엄마는 큰 스님이 티베트 다녀오셨을 때 꿈에서 연꽃 속에서 부처님이 나오시는 모습을 보기도 했다. 나 또한 그분이 포항에 오셨을 때 전날 하늘에 큰 우주선이 떠 있는 꿈을 꾸기도 했었다. 아마 큰 스님은 그 정도의 수준은 되는 분이셨다.

그러나 내 꿈에는 높은 산이 있는데 그분이 중간 정도에 계셨다. 꿈에서 내가 그걸 보면서 "꼭대기라고 하더니 중간이네." 하는 말을 했었다. 하지만 보통 분은 아니었던 게 어느 날 기도하는 방에서 잠을 자다가 큰스님과 친구분이 나누는 대화를 들으니 정말 엄청난 이야기였다. 그 친구분도 제자들이 전 세계에 있는데 거의 주파수로 대화하며 일반인들은 감히 들어도 이해할 수 없는 경지의 이야기였다.

하여간 내가 지금껏 만나온 분 가운데 인간으로 살면서 우주선을 타고 있는 정도는 딱 3명이 전부다. 그 큰 스님과 이재명, 그리고 이재명 옆에 있으면서 우주선을 몰던 한 남자, 이건희도 경비행기 한 대를 본인이 몰 정도이니 우주선을 타고 다닌다는 것은 대단한 능력자임에는 틀림이 없다.

내가 그 절에 다닐 때 다들 큰 스님 말씀 한마디에 벌벌 떨며 심지어 제자들은 맞기도 했다. 큰 스님 밑에 주지 스님이 계셨는데 내가 그분을 처음 만났을 때 나도 모르게 눈물이 마구 흘렀다. 마음이 그냥 움직였다. 그러면서 '세상에 이런 존재도 계시구나…' 하는 생각을 했다. 그건 절로 드는 반응이었다. 그 절에 다니는 다른 사람들은 전부 제자로 등록해서 엄격한 규율을 지키게 하고 서열을 따져서 행동하게 하였는데 유독 내게는 그걸 강요하지 않았다.

내가 전생에 공부가 많이 되었다고 하시면서 세상에 가르침을 주기 위해서 왔다는 말씀을 하시고는 같이 목욕도 다니고 항상 편하게 대해주시면서 나를 부러워하셨다. 꿈을 통해 가르침을 점검받는다고…. 그리고 그 절에 다닐 때 밤 기도 시에 하늘에서 9라는 숫자 쇼를 직접 보여주었다. 그게 내 평생 최고의 기적이었다. 그때 숫자 9가 마구 만들어지면서 하늘에서 숫자 퍼레이드 쇼를 보여주었을 때 느꼈던 감동은 잊을 수가 없다. 지금도 우주선을 육안으로는 안 보여주고 그저 해무리로 나타내시는데 그때는 직접 보여주었다.

그렇게 5년을 도 닦으러 다니던 걸 그만둔 것은 주지스님이 돌아가시면서였는데 이미 나는 꿈에서 형사들에게 잡혀가는 것을 보았고 그분의 죽음을 미리 보았었다. 그 당시 큰 스님과 주지 스님의 영적 전쟁에서 지는 바람에 잡혀 생을 마감하셨다.

그때는 무지해서 돌아가신 후 내가 사비로 천도굿을 혼자 해드리기도 했을 정도로 안타까웠고 당시 제자들은 부활을 고려해서 며칠간 시신을 처리조차 안 하다가 나중에 장례를 치르기도 했었다. 그때 제자들은 대부분이 천계를 왔다 갔다 하는 정도의 능력자들이었는데 지금 와서 보면 그들이 드나들었던 곳이 진짜 천계가 아닐 수도 있다는 생각을 한다. 그들의 눈에 볼 수 있는 단계까지 머무를 수 있는 것이리라.

하여간 그 이후로 그곳에서의 구도 생활을 마치고 혼자 여기저기 스승을 찾아 돌아다녔는데 그 절의 큰 스님이나 주지스님 정도의 수행 근기를 만난 적이 없었다. 그래서 제자들은 벌벌 떨면서 어려워했지만 나는 가끔 술을 마신 후에 큰 스님께 안부 전화를 그냥 겁 없이 드리고는 했었다. 그때까지도 왜 그분들이 나를 특별히 대우하는지를 알지 못했다.

그러고는 혼자 배회하다가 우연히 흰곰 2마리 꿈을 꾸고는 울산에 어떤 스님을 만나게 되었는데 그분이 신굿을 제안하는데 선뜻 받아들였다. 그래서 나는 처음에는 그냥 무속인인 줄 알았다. 신굿 도중에 신어머니 같은 스님이 본인이 우리나라에서 최고인 줄 알았더니 제자한테 큰절을 해야겠다면서 주변의 만류에도 나한테 삼배를 올리셨다.

그분도 엄청난 능력자였는데 굿의 기본 단위가 1,000만 원부터 시작했다. 그러나 욕심이 없고 마음이 좋으셔서 누군가에게 십수억을 빌려주고도 달라는 얘기를 못 할 정도였는데 아마 굿 값을 그렇게 수천만 원씩 받은 것은 본인의 능력이 그런 정도임을 알고 하신 것이리라 생각한다. 최소한 돈에 연연하거나 욕심을 내는 분은 아니다.

그 당시에 그분이 내게 하신 말씀이 "하늘의 사람들은 통장에

100만 원 있기가 어렵다." 하셨는데 지금 생각해보면 맞는 말씀이다. 그것은 곧 통장에 잔고가 가득하다면 하늘과는 먼 이치라는 의미이다. 그때 신굿을 하면서 나한테 인공위성을 타고 신들이 온다고 말할 때 나는 그게 무슨 의미인지 알지 못했다. 그러나 지금와서 보니 우주인과 우주선, 그리고 태양신을 인지하게 됨을 미리 알려주신 것인듯싶다.

그리고 나는 무속인이 된 줄 알았다. 평생 사람들을 보면 마음이 짠했는데 이제는 원더우먼 같은 존재가 되었으니 마구 도와줄 것이라고 생각했고 또 직장 생활도 페스탈로치의 심정으로 최선을 다했었는데 이상하게 40대가 되면서는 너무 하기가 싫어졌었다. 이미 모든 것을 짐작하고 있었는지 모른다.

그 당시 스님은 주로 사장이나 회장들 굿을 하셨는데 그 굿에 나도 함께하라고 하셔서 그러했다고 했으나 그 굿 5~6건이 모두 엎어지는 평생 처음 겪는 일을 당하시고 신불자가 되시고 수술도 하시는 등의 고통이 밀어닥치면서 나한테 일체 연락을 끊으셨다.

나는 이미 꿈에서 스님이 혼 좀 나야겠다고 곤장을 맞는 걸 보았다. 스님도 내가 대충 어떤 존재일 거라는 짐작은 하셨으나 본인 능력 밖의 존재임을 제대로 알지 못해서 엉뚱한 굿의 동참을 요구하시는 바람에 그렇게 인연이 아예 끊어져서 내게 일체의 지도를 해주지 않고 나는 오직 혼자의 힘으로 하늘의 인도를 받아서 공부를 마쳤다.

그러나 처음에는 나도 알지 못했다. 내가 소명을 위해 세상에 왔음을…. 혼자 하는 공부가 결코 쉽지 않았다. 그러고 보면 나는 평생 한 번도 수월한 삶을 살아본 적이 없었다. 왜냐하면, 그 모든 것들이 나를 만드는 공부였기에 온갖 다양하고 힘든 과정을 거쳤다. 그나마 내가 몹시도 긍정적이고 무엇이든 내 위주로 해석하면서 지나온 일은 절대 마음에 담지 않는다. 지금도 기억 속의 잔상일 뿐이지 지나온 시간들은 내게 아무런 의미가 없다. 그저 현재의 내가 있을 뿐이다.

신굿 당시에 스님이 짧으면 3년 길면 5년이 걸린다고 하길래 그게 무슨 의미인지를 알지 못했다. 그냥 최고의 무속인이 되는데 걸리는 시간인 줄 알고는 뭐 그리 오래 걸리냐고 생각하면서 지금 세상 돌아가는 일인 줄 짐작도 하지 못했다. 그래서 길어야 5년이기에 이미 2023년 초에는 끝났어야 한다. 하늘에다가는 온갖 불평을 하면서도 정작 나는 아무것도 하지 않아서 결국 시간이 더 걸렸다.

비록 신들이 지금 인간의 일을 돕고는 있지만 그렇게 힘을 다 보태도 우주선을 타고 가는 악의 우두머리 이재명을 잡기에는 역부족인데 내가 아무것도 하지 않아서 후회가 좀 된다. 그동안 나는 모든 인간의 삶은 인간에게 전적으로 맡겨야 한다고 생각했는데 내가 더해야 할 부분도 있다는 생각으로 바뀌었다. 이렇듯 나도 시간이 지나가면서 상황에 따라 성장을 하게 되는가 보다.

그러나 내가 인류를 구원할 메시아라는 생각은 처음부터 해본 적이 없었다. 그래서 내가 예전에 쓴 메시아라는 글에는 각자가 자신의 메시아라고 적어 놓았었다. 사실 그게 맞다. 내가 아무리 어떤 가르침을 줘도 받아들이는 것은 그의 몫이기에 구원도 그에게 달려 있는 일이다.

　그러나 그렇게 자율적으로 맡겨두는 것은 어쩌면 이번 일처럼 방치인지도 모른다는 생각을 한다. 그래서 앞으로는 더 적극적으로 열심히 노력해야 한다. 왜냐하면, 인간들 스스로에게 맡겨두기에는 온 세상의 질서가 너무 엉터리다. 인간의 신념과 삶의 기본에 가장 큰 영향을 미치는 종교가 거짓이기 때문이다. 그래서 어쩌면 지금까지의 고생과는 또 다른 고생이 나를 기다리고 있을지도 모른다는 생각을 한다. 하지만 그 모든 게 내 몫이라면 나는 할 것이다.

　나의 군산이라는 글을 읽어 보면… 그때 나는 처음으로 내가 산의 꼭대기 가운데 서 있는 임금인 걸 알았다. 그전에는 그냥 내 마음이 하늘의 마음인지는 알았지만 설마 내가 인간의 왕인 줄은 인지하지 못했었다. 그제야 평생 살아오면서 나의 지위와 행색이 보잘것없음에도 왜 세상 모든 인간들을 측은하게 보면서 아래로 보았는지를 깨닫게 되었다. 나는 한 번도 그 어떤 지위의 사람도 대단하게 느껴본 적이 없었다. 그것은 지금도 마찬가지다. 사회적 지위는 그저 껍데기에 불과하다.

　내가 군산 꿈을 꾸면서 꼭대기의 도로 가운데에 주춤거리면서 일어섰다. 하늘의 꿈은 한 치의 오차가 없다. 왜 도로냐면 그건 인간에 의해 만들어진 구조물이기 때문이다. 그래서 인간 세상의 왕이라는 것이다. 그런데 내가 가운데 일어설 때 꼭대기 양쪽에 난간이 있었는데 거기에 여자, 남자들이 여러 명 있었다. 그들을 보면서 정말 껍데기가 없다는 생각을 했다.

꼭대기에 여자 남자가 있었다는 건 그들의 공부가 그 정도 되었다는 걸 뜻하고 그들은 하늘을 제대로 이해하지 못하며 자신들의 능력을 과신해서 함부로 서 있는 것이다. 난간이라는 것은 자칫하면 아래로 떨어지는 위치이지만 당사자들은 지금 알지 못할 것이다. 그때 내가 처음으로 인간의 왕이라는 걸 알게 되었지만, 그 이후에도 나의 공부는 몹시 힘들었으며 왕에 걸맞은 삶이 전혀 아니었고, 내가 그 어떤 존재인지는 공부에 전혀 상관이 없었다.

나의 공부 자체가 하늘 아래 모든 인간을 똑같이 여기는 것이며 그것은 나도 예외가 아니었다. 그리고 사실 내가 지난 6년간 공부를 하는 과정에 어떤 인간도 나를 알아보지 못했으며, 나 또한 인간들을 옆에 두지 않았다. 그들을 나의 종으로 만들고 싶지 않았으며 인간사에 시시콜콜 개입하고 싶지도 않았다.

하늘에서 내게는 더 높은 규율과 노력을 요구했다. 그래서 어떤 잘못된 언행도 용서하지 않았고 내가 잘못하면 정말 혹독하게 혼이 났다. 몇 배로…. 그래서 내가 하는 말은 모두 진실임을 나는 안다. 틀렸으면 벌써 혼이 났을 것이기에.

그러던 2019년 어느 날 꿈에 평소 출근하는 논둑 길에서 바라보니 하늘이 온통 분홍색으로 물들었고 소리가 들렸다. "할배가 세상을 통치하신다." 그래서 긴가민가했는데 그날 아침 출근하는데 시간이 아침 9시가 좀 넘었을 시점인데 꿈에서 본 정확히 그 위치에 가니까 하늘이 꿈에서 본 듯이 분홍색으로 물들어있었다. 정확히 어제 꿈처럼….

원래 아침 9시 하늘은 절대 그럴 수 없음에도 처음 보는 광경이었다. 그래서 '나의 할아버지가 세상을 통치하시는 분이 맞구나…' 하는 생각을 했다. 그리고도 내가 삶이 너무 힘들어서 투덜거리니까 꿈에서 할머니, 할아버지가 함께 나오시더니 나를 보고 "얘야! 네가 왕손불이라서 그런 게 아니냐?" 이러게 말씀하셨다. 왕손불인지 왕불손인지…. 하여간 그걸 듣는 느낌은 '내가 왕의 손자라서 그렇구나.' 했었다. 그 이후로 나는 한참 동안은 불평을 삼갔었다.

지금까지 나는 인간의 왕임을 여러 차례 하늘로부터 들었다. 그러나 잡신들은 거짓을 말하기도 하기 때문에 그걸 갖고 믿는 것은 아니다. 그저 내 마음이 느낀다. 그리고 무엇보다 나는 메시아가 하고 싶지 않다. 엉터리들은 마구 종교를 만들어서 교세를 확장하고 사기를 치지만 나는 절대 그럴 수 없다. 그런 건 하늘에서 가만두지 않는다. 메시아의 삶은 오직 의무와 책임만 있을 뿐이다.

이미 2023년 11월 14일에 인간으로서의 삶을 그쳤다. 그리고 그 이전에도 나의 삶은 인간 세상에 있으되 인간의 것은 아니었다. 사람을 보면 그냥 마음으로 느껴서 천국 갈 사람 어디 하나 주변에 보이지도 않는 생활 속에서 인간들과 상담을 해도 항상 힘들었던 건 인간의 욕심을 어디까지 이해하고 용납할 것인가와 내가 알고 느끼는 것을 말할지 말지를 골라서 판단하는 것이었다.

그걸 머릿속으로 계산하면서 사람을 상담하는 건 정말 힘든 일이다. 그러면서도 상담이 기본은 2~3시간에서 조금 더 걸리면 5~6시간 이상 걸린다. 그렇게 앉아 있으면 허리가 아프고 다리도 쑤신다. 그러면서도 상담료에 연연해서는 안 된다. 하지만 내담자의 계산하는 마음이 읽히면 솔직히 이게 뭐하는 짓인가 싶기도 하다.

내가 인간의 욕심을 채우는 일을 하는 게 아닌데 인간들에게 조금 더 좋은 길을 알려 주는 것이 의미가 있나 하는 것에 대해 자괴감이 들기도 하다. 정말 개고생의 길이 메시아의 길이다.

지난 6년간 하늘에서는 먹고살 돈도 안 줬다. 최소한의 품위 유지도 안 되게…. 그렇게 나를 어렵게 해서 스스로 하늘 공부를 해야 할 사람이나 목숨을 구할 사람에게 빌리게 하는 등 구차스럽게 살게 했다. 원래 나는 남에게 부탁하는 걸 몹시 싫어하는데 그 어려운 걸 내게 항상 요구했다. 뭔 이따위 왕이 다 있나 싶냐는 생각이 마구 들 때쯤 하늘에서 메시지를 준다. 온갖 고생이 내 몫이라는….

그러니 내가 메시아 하고 싶겠나? 그저 내 소명이니 해야 한다. 하늘에서는 내게도 작은 방향 지시등은 주지 않는다. 오로지 혼자 생각하고 마음으로 느끼고 깨달아서 해내야 한다. 지나온 시간들이 마치 꿈처럼 개고생의 길이라 생각할 필요가 없다. 괜한 생각은 내 정신을 해롭게 할 뿐이다.

내가 그저 평범한 무속인이었다면 나는 정말 엄청난 능력으로 호의호식하면서 잘 살았을 것이다. 나의 신들이 그런 신이었다면 결코 나에게 극한 훈련을 요구하지 않았을 것이다. 그러나 지난 6년은 오로지 왕이 되기 위한 고난의 길이었다. 이미 왕으로 왔음에도 인간 세상에서 다시 고통을 통해 훈련을 받아야 했다.

내가 원하든 원하지 않든 소명은 내 몫이다. 세상 사람들은 재물을 복이라고 생각하지만, 하늘에서는 업으로 바라본다. 그게 하늘의 순리다. 나도 살아보니 돈이 없어서 죽고 싶을 만큼 힘들어도 결코 돈에 연연해서는 안 된다. 그러나 사람의 삶이 어디 그런가? 이자 내라는 문자를 보면 나도 스트레스를 엄청 받는다. 그래서 시시때때로 메시아를 걷어차고 싶은 마음 굴뚝같았다.

세상 사람들처럼 돈을 벌기 위해 살았으면 나는 고생을 하지 않았어도 된다. 이 세상 모든 사람들의 신념을 바꾸는 일이 결코 만만치 않은 힘든 길을 하늘에서 '내가 왜 하겠다고 했을까?' 하는 후회를 많이 했다.

내가 예전에 다녔던 큰 스님 절에서는 초창기 어려울 때 새벽마다 누가 법당에 쌀과 돈을 놓고 가길래 한번은 도대체 누구인지 알아보라고 해서 스님이 지켜보고 있으니 어떤 남자분이 오시길래 이유를 여쭤보니 꿈에 미륵부처가 나와서 "어이, 어디 가서 돈과 쌀을 놓고 오너라…" 시켜서 날마다 했단다. 그 당시 그분이 충남일보 회장이시다.

그런데 나는 어려울 때 한 번도 하늘에서 도와준 적이 없었다. 다만 누구한테 빌릴지를 보여주기는 했었지만, 그것도 내가 부탁하지 않으면 거저 주어진 법이 없다. 그리고 내가 생각해서 빌려달라고 하면 전부 퇴짜였다.

나는 이미 돈이 있음을 알고 부탁하지만 인간들은 귀하게 생각하는 돈인지라 마구 거절했다. 알고 보면 그 돈이 아무것도 아닌 것을…. 인간들은 돈을 위해 살고 나는 소명을 위해 사니 삶의 방향이 전혀 다른 것을 어떻게 같은 곳을 보도록 할 수 있을까…? 이건 정말 힘든 고민이다.

지금까지 한 번도 나를 제대로 알아보는 이가 없을 뿐만 아니라 유일하게 신계에서 내려온 사람만 전날 꿈에 나를 본 게 전부였다. 그것은 참 다행스러운 일이다. 만약 과정에서 나를 알아보고 따랐으면 얼마나 피곤했겠나? 이 과정이 홀로 쓸쓸했기에 나는 온전히 일에 전념할 수 있었다.

그렇지만 아무도 알아보지 못하고 아무도 따르지 않는 길을 오직 나 자신만 믿고 공부를 한다는 것은 엄청난 고행이다. 하지만 그 모든 과정도 이제 끝났다. 내가 밝혔듯 우주 서열 3위이다. 그건 그만큼의 고생이지 군림이나 대접이 아니다. 나는 그런 걸 태생적으로 싫어하고 이미 하늘에 군림하지 않겠다는 약속을 했다. 역시나 하늘에서는 옳거니 하고 계속 고생을 시킨다.

이미 11월 1일부터 다시 세상 속으로 나아가기 시작했고 이제 인간으로서의 삶도 그치는 바람에 내가 부릴 수 있는 신이 엄청나다. 처음에는 한 명만 부렸었는데 이제는 관광버스 한 대다. 그리고 그 밑으로 하늘에서 내려온 모든 신들이 따를 것이다. 다만 인간들만 알지 못할 뿐이다.

인간들이 몰라서 그런지 이번에는 내가 인간들에게 다가가게 하였다. 하지만 이해한다. 나는 신이고 왕이기 때문이다. 내 답은 나는 신으로 태어나서 인간으로 살았으며 세상에 나와 같은 존재는 오직 나 혼자밖에 없다. 그리고 이전에도 나와 같은 존재가 온 적이 없었고 이후에도 없을 것이다. 그래서 반드시 "인류를 지구의 핵으로 옮겨라."라는 소명을 해내야 한다. 지금 이 땅에서 살고 있는 인간들에게는 축복이니 감사할 일이다.

　하지만 나의 글을 믿지 않아도 괜찮다. 인간들의 믿음 여부에 따라 진실이 좌우되는 것은 아니기 때문이다. 그저 각자 자리에서 자신의 삶을 행복하게 만들기 위해 진심으로 노력하면 된다. 다만 하늘에 이르고 싶다면 반드시 하늘의 마음으로 살아야 한다는 것…, 그것이 내가 책을 쓴 가장 큰 이유이다.

퇴마에 대한 세상의 오류

　　요즘 내 주변에 귀신의 영향을 받는 2명의 사람에 관한 이야기다. 그중에 한 명 A 씨는 12월 6일부터 우리 집에 와서 나와 함께 지내고 있고, 또 다른 한 명은 내 페이스북을 읽고 멀리 수원에서 나를 만나러 온 B 씨인데 오늘 내게 문자를 보내와서 그 것에 대한 답변이기도 하다.

　내가 하늘에서 세상에 내려온 가장 큰 이유 중 하나는 사람들이 믿고 알고 있는 것들이 오류가 너무 크고 많아서이다. 사람들은 모든 것을 신이 좌우한다고 생각해서 모든 것을 신에 의존하고 매달린다. 그러나 하늘은 인간의 삶에 그다지 관여하지 않는다. B 씨의 문자에 대한 답을 통해 메시지를 전하고자 한다.

보통 기도가 구원자에 기대어서 하지 않나요?

아니다. 그건 하늘의 뜻이 아니다. 하늘은 인간들의 아우성에 귀를 기울이지 않는다. 사람이 태어나기 전 영적 상태에서 자신의 삶을 스스로 설계한다. 그래서 가끔 그 천기를 읽기도 하는 역술인이나 도인 같은 이들이 등장하지만, 거기에도 오차가 많다.

왜냐하면, 하늘이 인간의 삶에서 가장 중요하게 생각하는 것이 자유 의지이기 때문이다. 그 자유 의지로 인해 시시각각 인간의 삶은 변화하게 만들어졌다. 그래서 정해진 운명 같은 것은 없을 뿐만 아니라 혹시나 그걸 믿게 되면 인간의 삶은 믿는 대로 이루어지는 속성이 있기에 자신이 새롭게 만든 운명의 굴레에서 벗어나지 못하게 되면서 원래 설계하여 자신의 영적 성장을 돕는 굴레를 맴도는 종속적 삶이 충돌하게 되는 것이다. 그러면서 오히려 여러 고난의 상황에 빠지게 된다.

가장 바람직한 것은 자신의 내면에 담겨 있는 태초 생의 설계를 들여다보고 그것이 이끄는 삶의 토대를 기반으로 살아가는 것이다. 그 설계가 자신이 한 번의 생에서 도달하고자 하는 영적인 진화의 단계에 가장 걸맞은 정도이기 때문이다.

하늘은 인간에게 자유를 주었으나 그럼에도 인간들은 스스로를 믿지 않는다. 자신을 나약하고 어리석은 존재라는 인식하에 삶을 영위하다 보니 어려운 일이 생기면 구원자를 찾고 의지하지만 하늘은 인간을 온전한 존재로 만들어 놓았다. 그래서 자신의 힘을 믿고 바르게 살기만 하면 무엇이든 이룰 수 있는 강인한 존재인 것이다.

인간이 스스로를 나약한 존재로 생각하면 그 틈을 비집고 들어가는 것은 온갖 잡신들이다. 그것들은 항상 인간의 약한 마음을 어지럽히고 그들에게 복속시키고자 한다. 복도 주고 화도 입게 하면서 종처럼 부리게 된다.

인간들은 그것을 마치 신의 기적처럼 생각하며 점점 자신의 원천적 힘을 잃어가게 되는 것이다. 그 결과 세상에 엉터리가 판을 치며 너무도 어지러운 상태가 되었다. 무엇에 기대어 가는 것은 기도도 구원도 아니다. 하늘은 인간 스스로를 믿고 성장하는 것을 최고의 가치로 여긴다. 그래서 인간들이 찾는 하나님 아버지 속에 하나님은 없다. 하늘은 인간 안에 신을 담아 두었다. 그것이 그 사람의 근본이 되는 본신이라고 표현한다. 그 본신은 무한한 능력을 갖고 있다. 그래서 진짜 신을 찾으려면 자신 안의 본신을 느껴야 한다.

하지만 그걸 느끼려면 맑은 영혼과 순수한 영적 상태가 되어야 한다. 그리고 스스로가 아주 좋은 사람이 되어야 한다. 그래서 자신에게 기대어 가는 것이 기도이지 구원자라는 것은 없다.

내가 메시아라고 하는 것은 인간에게 올바른 가르침을 주고자 하는 것 이상도 이하도 아니다. 나를 믿고 따르게 되면 그것 또한 하나의 우상에 지나지 않는다. 지금 나의 당면한 가장 큰 과제는 인간들을 스스로의 주인으로 만드는 것이다.

이재명을 봐라. 그에게는 오로지 충성하는 종들만 필요할 뿐이다. 악이 추구하는 세상이 그러하다. 나는 모든 인간들을 종으로부터 해방시킬 것이다. 그러기 위해서는 인간과 잡신들과의 전쟁이 필요하다. 지금은 악신과 악인들과의 전쟁 중이니 그것이 최우선 과제이고 나아가 온갖 잡신들의 부림으로부터 인간을 벗어나게 할 것이다.

그래서 지금 내게 A 씨가 와 있다. 이 사람은 내가 지난 11월 1일부터 다시 세상 속으로 나아가려고 하니 그전에 뜬금없이 연락이 왔었고, 내가 어떤 변화의 시점이 되면 영락없이 문자를 보내왔다. 11월 1일 전, 꿈에 관광버스에 온갖 신들을 태우고 길을 나서는데 내 옆에 어떤 조금은 부족해 보이는 여자아이가 앉아 있어서 누굴까 궁금했는데 바로 그녀다. 그 버스 조수석 자리에서 임영웅이 축하 노래를 여러 곡 불렀는데 사실 그 버스는 아무나 타는 게 아니다.

나도 A 씨를 처음 만났을 때 그녀가 신적 존재라고는 생각하지 않았다. 그러기에는 정신분열증 증상으로 약을 먹고 있어서 온갖 환청에 시달리면서 횡설수설하는 바람에 상담조차 쉽지 않았기에 그저 내 도움이 필요한 사람이라고 생각했었다. 다만 의아했던 것은 그녀를 만나기 한참 전에 꿈에서 미리 신들이 그녀를 만날 날짜까지 일러줘서 내가 3월 20일을 염두에 두고 만난 정도가 특별할 뿐이었다.

그러나 그녀와 지내면서 둘이 맥주 한 캔을 마시고는 취기가 오른 상태에서 자신에 대해 묻길래 내 입에서 대뜸 신이라는 소리가 나갔다. 관심 있게 보니 A 씨도 신적 존재였다. 그것은 임영웅도 마찬가지다. 그저 우주 전사라고는 생각했지만 그 관광버스는 인간이 타는 버스가 아니다. 게다가 꿈에서 임영웅은 우리 반 실장이었다. 최소한 우주인이며 신계에서 온 존재이다. 그래서 그 힘에서 그의 인기와 영향력이 나오는 것이다. 굉장히 짧은 시간에 많은 사람들에게 엄청난 영향력을 미치지 않는가? 그것은 임영웅이 신적 존재이기 때문이다.

지금 우리 집에 와있는 A 씨도 마찬가지였다. 그래서 요즘 집에는 우리 가족 4명과 그녀가 함께 지낸다. 그녀가 우리 엄마와 함께 자는 게 조금은 불편해하지만 밤에 무서워서 불을 못 끄고 자던 습관이 나아지는 걸 보면 좋은 점도 있는 것 같다.

이제 잡신들과의 전쟁에 준비를 하려고 하니 그녀가 갑자기 연락을 해서 내가 있는 곳으로 옮겨와서 우리 집에서 같이 지내게 됐는데 사실 첫날은 온갖 어려운 짐만 주는 하늘을 원망도 했지만, 그 이후로는 나는 아주 만족스럽다. 다만 A 씨는 중간중간 잡신의 발동이 있어서 힘들어하지만 차츰 나아지고 있다. 그리고 나는 그녀에게 약속했다. 한 달 안에 치유해 주겠다고…. 하지만 그것 또한 그녀의 의지가 굳건해야 한다

그러면 왜 한 달이 필요한가?

거기에 퇴마의 답이 있다. B 씨는 내게 보낸 문자에서 메시아의 능력으로 강력한 보호막을 내려줘서 자신이 기도 중에 나타나는 증상인 혀가 말리고 방언을 하며 이상한 글자를 옮겨 쓰는 것을 막아달라고 하지만 하늘은 그렇게 해결하지 않는다.

B 씨가 내게 처음 올 때 이미 나는 그에 관한 꿈을 꾸었다. 어떤 남자가 내게 오면서 칼을 감추어 왔길래 그걸 발견한 내가 주변에 경찰을 불러달라고 도움을 요청하면서 옆에 있는 탁자로 그 남자의 머리를 마구 내리찍었다. 피가 철철 흐르도록…. 꿈에서 내가 주변에 신을 시키지 않고 직접 처리한 건 그게 처음이었다. 그렇게 공격하고 있는데 멀리서 경찰 한 명이 달려왔다. 그때 그 남자가 칼을 경찰을 향해 던졌다. 날쌔게….

그 꿈을 꾸고는 B 씨를 만났다. 그래서 상담을 했지만 사실 90%는 이미 오기 전에 처리가 된 셈이었다. 그러나 나머지 10%가 더 중요하다. 꿈에서 경찰이 한 명 뛰어왔다는 것은 그 남자의 능력이 그 정도라는 것이다. 2021년에 이준석 꿈을 꿀 때는 강력계 형사들 8명이 왔다. 원래는 찌질한 인간을 처리하는데 그렇게 출동하지 않는데 내가 부르니 왔다고 하였는데 8명이라는 것은 이준석의 악한 힘이 그만큼 강하다는 것이다. 그래서 여전히 시끄럽지 않은가?

하지만 그 꿈의 마지막처럼 그는 어둡고 조용한 속으로 사라진다. 하여간 그렇게 나한테 온 B 씨가 처음 내 페이스북에 댓글을 달았을 때 그를 들여다보았다. 승복을 입고 있는 수행자였다. 그러나 그와 함께 하는 잡신은 마치 종교 지도자 같았다. 공간 이동을 하는 신으로 보통의 능력자가 아니었다. 그래서 그가 온전히 B 씨를 지배했으면 엉터리 허씨보다 더한 사이비 교주가 될 뻔도 했다.

그러나 그의 마음 안에 투명한 기운이 70% 작용하여 본성을 잃지 않고 살기에 잡신의 종이 되지는 않지만 기도를 하면서 무언가에 기대게 되면 그 틈을 비집고 잡신이 침범하여 이상한 증상들이 나타나는 것이다. 그도 나에게 조 목사의 강연을 따라 해보니 자신이 똑같다는 표현을 하기도 했다. 그래서 그에게는 구원자에게 기대는 기도가 굉장히 위험한 것이다.

구원자는 인간의 기도 안에 절대 나타나지 않는다. 인간의 삶은 우주 가운데에 서서도 지구의 시스템으로 돌아가게 설계되어 있을 뿐이다. 하늘은 "내가 너를 도우리라." 하지 않는다. 하늘은 "네가 너를 도와라."라고 한다.

그런데 오늘 아침에 잠시 잠을 자는데 또 B 씨 관련 꿈을 꿨다. 꿈에서 내가 누군가와 싸워서 져본 적이 없는데…. 그래서 이재명과도 여러 번 싸웠지만 항상 이겼다. 특히 2022년 3월 8일에는 이재명과 가족까지 출동해서 칼과 총으로 싸워서 이겼다. 그래서 윤석열 대통령이 당선된 것이다.

그러나 오늘 아침에는 아주 나쁜 남자와 싸우는데 주변에 아무리 신고해달라고 외쳐도 도와주지도 않고 끝까지 경찰도 출동하지 않았다. 꿈에서 그 남자가 내 목에 수건 5개를 넣어서 나를 죽인 것이다.

그것은 지금 현재 B 씨의 상태와 상관이 있다. 아마 잡신이 더 발동해서 목까지 힘을 미치면 이상한 글만 쓰는 게 아니라 그야말로 방언이 마구 나와서 그저 그런 무속인의 경지를 넘어서게 된다. 내가 보기에는 지금 설치는 온갖 사이비 사기꾼 종교인들을 능가하는 힘이다.

그러면 90%나 처리했는데 왜 그런 상황이 펼쳐지는가? 그것은 10%이지만 가장 중요한 스스로의 마음 작용 때문이다. 내가 잡신이 깃든 사람들을 보면 가장 먼저 들여다보는 게 원인이다. 도대체 어떻게 잡신들이 침범하게 되었는지를 살펴보게 된다. A 씨도 내가 보기에 어려서부터 마음이 허한 것이 느껴져서 이야기했더니 자신은 어려서 사랑을 많이 받았다고 항변하다가 나중에 9살 때의 충격적인 일에 대해 이야기를 했다. 내가 먼저 그 비슷한 사례를 이야기하니 그제야 자신의 일을 털어놓은 것이다.

B 씨의 경우에는 삶의 어떤 어려움에서 비롯된 것이고 그의 수행자적 삶과 밀접한 관련이 있다. 귀신들은 아무에게나 침범하지 않거니와 할 수도 없다. 사람들의 마음이 약해져 있고 주파수가 비슷할 때 그 틈 사이로 공격을 하는 것이다. 그래서 심신의 상태가 강인하면 함부로 침범하지 못한다. 그렇기에 내가 아무리 내 앞에 있는 귀신을 떼어내도 스스로가 마음 상태를 바꾸지 않으면 귀신은 또다시 공격하는 것이다. 그래서 자신의 마음을 치유하고

바로잡는 데 시간이 걸리게 된다.

A 씨는 한 달이 필요하고 B 씨에게는 3개월 이후 변화가 시작된다고 종이에 적어주었다. A 씨는 한 달 동안 자신의 마음 안에 상처들을 다 토해내고 환청 상태가 아닌 정상적인 생활을 할 수 있는 심신의 기반을 만들어야 한다. 그래서 자신의 주파수 상태를 바꾸게 되면 더 이상 잡신이 노리지 못하게 되는 것이다.

아마도 그 이후 그녀는 '자신의 십수 년 동안의 특별한 경험을 통해 같은 고통을 받고 있는 세상 사람들을 구할 수 있지 않을까?' 생각한다. 그리고 B 씨도 3개월 동안 새롭게 기도를 시작해야 한다.

누군가에게 무엇에게 기대어 가는 게 아니라... 그것은 귀신을 부르는 행위이기에…. 이건 B 씨에게만 해당되는 것이 아니다. 모든 종교인들에게 공통적으로 해당되는 것이다. 내가 지금껏 보아 온 바를 살펴보면 천국에 갈 수 있는 사람들은 대체로 무교가 많았다. 드물게 기독교인이면서 천국에 닿을 수 있는 한 사람이 최근 눈에 보이기는 한다. 그래서 그를 보면 기쁘다.

자신의 본신을 알고 믿고 그 느낌을 따라가는 기도를 해야 한다. 그리고 기도를 시작하면 삶은 특별히 하늘의 마음으로 살아야 한다. 옛 어른들이 "그놈 참 천심이다."라고 표현했던 것처럼.

기도와 삶이 분리되면 그건 아무 힘이 없다. 삶도 하늘의 순리대로…. 기도도 하늘에서 창조하신 자신의 근본 존재 신을 믿을 때 그때 비로소 사람의 모든 어려움의 답을 찾을 수 있고 해결 방법도 깨달아 삶의 길을 순리대로 걸어가며 살게 된다. 그게 곧 도이다. 하늘의 마음으로 하늘의 순리대로 사는 것, 기도도 그 출발 선상에서 시작하는 것이다. 그러니 절대 외적 존재를 믿고 기대어서는 안 된다.

퇴마가 온전히 힘을 발휘하기 위해서는 자신을 바꾸어야 한다. 심신과 삶을 하늘의 순리대로. 그럴 때 인간은 무한한 자신의 능력을 발견할 수 있을 것이다. 신이 보호막을 쳐주게 되고 그게 마치 기적처럼 느껴지면 인간은 또 그 신의 종이 되는 삶을 선택하게 된다. 하늘은 그 어떤 종도 바라지 않는다. 그러니 보호막은 스스로 쳐야 한다.

귀신과 자신의 주파수를 바꾸는 것. 그리고 내가 얘기한 접신의 원인을 제거하는 일이 중요하다. 그게 되어야 진짜 퇴마가 된다. 그렇지 않고 외적 존재로 퇴마를 하면 일시적이고 다시 또 귀신은 들어온다. 그건 아무 효과가 없다. 그래서 진짜 퇴마는 자기 스스로의 힘으로 해내는 것임을 명심해야 한다. 그것이 하늘의 말씀이다. 그러니 구원자를 기대하지 마라. 나도 인간들에게 하늘의 가르침만 전할 뿐이다. 오직 자신만이 자신을 구원할 수 있다.

다시 세상으로 나아가며 썼던 글

나는 어쩌다 우연히 이 길을 걷게 된 것이 아니다. 세상에 와서 온갖 경험을 통해 소명을 인식하고 나아가고 있는 중이다. 처음 2년간은 가끔 사람들을 만나며 그들을 스승 삼아 공부를 했다. 그 과정은 몹시 힘들었다. 하늘이 내게 무척이나 다양한 사람들을 보내서인지 만나기 전 준비하면서 기도하고 상담 후에도 그들을 생각하며 하는 기도가 쉽지 않았다.

그 과정을 거쳐 2019년 12월 26일부터 새로운 세상이 시작됨을 알게 되었다. 그 이후 코로나와 함께 나도 악의 무리들을 피해 거의 3년의 시간을 스스로를 단련하며 보냈었다.

그리고 이제 다시 세상 속으로 나아간다. 처음에 만났던 사람들은 하늘이 나를 공부시키기 위해 인연 닿게 했던 이들이었기에 공부가 끝난 지금은 그다지 의미가 없다. 이제는 내가 인간들에게 하늘의 가르침을 전하고자 한다. 그래서 하늘에서 주신 '인류를 지구의 핵으로 보내라.'라는 소명을 완성할 것이다.

이미 2022년 3월 14일 꿈에 하늘에서 수업 시간표를 받았다. 그것은 당시에 이미 여러 명에게 이야기를 했었다. 수요일 오후부터 11시간 수업을 하게 되어 있었는데 11은 하늘의 숫자를 의미한다. 그때는 왜 오후부터인지 알지 못했으나 이번에 사람들을 다시 만나면서는 내가 그들에게 다가가는 첫걸음이 필요했다. 지금까지는 전국 어디에서 오든 그들이 나를 만나러 왔었는데 이제는 사실 공부가 끝난 시점이라 평범한 인간들이 나를 만나러 오기가 쉽지 않음을 알기에 내가 직접 움직였다.

그래서 2023년 11월 1일 드디어 다시 세상으로 나아가면서 순천, 광주를 다녀왔다. 내가 어떤 존재인지는 이미 오래전 군산 꿈에 적어 놓았었다. 군산이란 임금이 머무는 산을 의미한다. 그리고 이번에 가르침을 시작하면서 나는 김천이라는 주소에 살고 있는 꿈을 꿨다. 그것은 하늘의 임금을 의미한다. 하지만 그런 것이 아무 의미가 없기에 드러낼 필요는 없으나 어쨌든 이제 나는 곧 소명을 위한 길에 본격적으로 나설 것이다.

내가 2022년 3월 14일에 시간표를 받을 때 이미 순천행은 정해져 있었다. 왜냐하면, 순천은 하늘이 인간들에게 주는 가장 큰 가르침이기 때문이다. '하늘의 순리대로 살아라.' 인간 세상의 일그러진 이치가 아닌 인간들은 돈을 쫓아가면서 삶을 돈으로 채우지만 하늘은 돈을 악마의 유혹으로 바라본다. 그래서 하늘로 다가가려면 돈에 대한 모든 마음을 내려놓아야 한다.

하늘의 계산은 정말 한 치의 오차가 없다. 내게 이미 시간표와 장소가 오래전부터 정해져 있었다면 그걸 연결해 준 이의 역할도 미리 정해져 있었던 것이다. 나는 2018년에 그녀에게 앞으로 광주 가서 살라고 조언해 준 적이 있었다. 그때는 그냥 내 입에서 나온 이야기였으나 하늘의 빛이 가장 필요한 곳인 광주에 그녀가 살게 된 것은 이유 있는 일이다.

내게 지난 11월 1일 순천행을 연결해 주었던 이는 나의 블로그에 등장한 적이 있다. 나에게 신굿을 해 준 스님은 나의 부적이 억대라고 했지만 나는 거의 대부분의 부적을 한 푼도 받아본 적이 없었는데 당시에 일자리도 없이 어려운 형편에도 내 부적을 받아 가고 거금 50만 원을 들고 왔다.

그 거금은 누구나 쉽게 낼 수 있는 마음은 아닌 것이다. 그 이후 나는 의도치 않았지만 그녀에게만 부적을 2장 써주었다. 왠지 그녀의 공부가 하늘을 향해 갈 것을 짐작하고 있었다. 그래서인지 올해 나의 경제적 어려움이 극심해졌을 때 하늘에서는 내게 걱정하지 말라고 했는데 달리 방법이 없었으나 우연찮게 연락처에서 그녀의 폰 번호가 가장 먼저 눈에 들어와서 문자를 보냈더니 내게 흔쾌히 돈을 빌려주면서 자신에게 연락해서 고맙다는 말을

해서 나는 깊은 감동을 받았다. 이런 인연에서 그런 마음을 낸다는 게 어찌 쉽겠는가?

그런데 그녀가 돈을 빌려주면서 내게 사정이 어려운 지인을 만나 보라고 부탁을 했었고, 나도 오랜만에 일반인을 만나 보고 싶었다. 다만 그 일반인은 빙의로 인해 옆에 귀신이 붙어 있어서 무서운 기운이 느껴졌었다. 그래도 부탁을 거절하기 어려워 만나기로 했는데 약속을 잡고 보니 3월 20일이었다. 그 3월 20일은 내가 3월 6일 꿈에 누구를 만나는 일을 하라고 사촌이 일러준 날이었다. 그래서 꿈에서 말한 날짜에 정확히 그녀가 찾아온 것이었다.

잡신과 정신분열증 때문에 합천에서부터 시외버스를 타고 와서도 우리 집에 오는 시내버스를 2번이나 잘못 타는 바람에 거의 5시간 넘게 걸려서 힘겹게 나를 만나러 왔다. 물론 나는 그녀를

위해 온 시간의 몇 배 이상을 이틀 동안 할애했었다. 그녀는 나를 만나러 오기 전 허리가 아파서 망설였으나 연결해 준 이의 호의가 고마워서 참고 나를 만나러 왔었는데 이야기를 하던 중 허리가 괜찮다고 이야기를 했었다. 아마도 그게 방해하던 마장이었을 것이다.

그런데 3월 20일 왔던 이는 그것으로 만남의 끝이 아니었다. 9월 27일 영장 기각 덕분에 나도 한동안 중단했던 기도를 다시 하게 되었다. 세상과 나에 대한 여러 가지 일들에 관한 기도였는데 그 기도를 하면서 이제 곧 세상으로 나아가야겠다는 생각을 한 순간 가졌는데 그날 그녀가 아침부터 내게 문자를 보내왔었다. 그녀는 합천에 살고 있었는데, 합천이란 하늘과 인간의 합을 의미한다.

나는 상당히 심한 정신분열증이 있는 그녀를 이틀간의 상담만으로는 치유가 안 될 것 같아서 앞으로 내 진짜 집으로 가면 한 달간 그녀를 데리고 있을 예정이었다. 문득 생각하니 이 길을 가던 초창기 어느 꿈에서 내가 온갖 여정을 통해 도착한 집에 어떤 여자가 기도하던 모습이 보였었다. 그래서 아주 어려운 일이지만 그녀와 함께 내 집에서의 새 삶을 시작할 것이다. 조만간 집이 도착하면….

그녀는 하늘이 내게 선택해서 보내온 큰 숙제이다. 나를 만나기 전 미리 꿈도 꾸었단다. 꿈에서 '현재는 힘들지만 나는 원래 이런 사람이었지…' 하고 생각했었단다. 그녀의 본성을 찾아주는 것이 내가 할 일이다. 하늘은 한 번도 내게 쉬운 길을 허락한 적이 없었기에 나름 각오를 하고 있다.

내가 그녀에게 말했다. 내가 못 고치면 세상 아무도 못 한다고…. 그렇게 생각해 보면 하늘은 나를 극심한 경제적 고통에 허덕이게 하면서 돈을 빌리게 하고 그 옆에 합천의 그녀를 미리 준비해두었었다. 그러고 보면 그들의 인연도 나와의 만남도 전부 우연이 아니다. 하늘의 계산인 것이다.

나도 그동안 주변에 이런저런 신세를 지면서 상대의 마음이 그대로 읽혀서 몹시 짠했었다. 그래서 기도를 시작한 9월 27일 꿈에 내가 먹고 싶은 사과가 알고 보니 우리 집 마당에 있는 사과나무에서 따기만 하면 되는 것이었다. 사과나무에 빨간 사과가 주렁주렁 달려 있었다. 그 꿈을 꾸고 난 이후 '이제 다시 내 일을 해야 하는구나.' 하는 생각을 했다. 그래서 다시 상담도 시작하고, 치유하라는 메시지도 듣고, 꿈에서 부적도 써야 한다는 걸 알게 되었다. 다만 이것은 지금 중생들을 만나는 방편일 뿐이다. 궁극적인 나의 소명은 아니다. 하지만 현재 내게 주어진 일도 소중한 만큼 최선을 다할 것이다.

그래서 하늘이 이번에는 그들이 내게 오는 것이 아니라 내가 직접 그들에게 다가가게 하였다. 순천에서부터 직접 오겠다는 분을 만류하면서 내가 운전해서 갔는데 피곤해서 힘들었지만 왠지 그냥 가고 싶었다. 그런데 나중에 찾아 보니 이미 11시간인 하늘의 수업은 수요일 오후부터라고 2022년 3월 14일 일기에 적혀 있었던 것이다. 그래서 2023년 11월 1일 다시 사람들을 만나기 시작했다.

그런데 이제는 예전과 사뭇 달랐다. 이미 나의 공부도 끝이 났고 나의 능력들이 하나씩 봉인에서 해제된 느낌이 들었다. 그러고 보니 잘못된 선택이었던 신굿에서 스님이 내게 이제 원더우먼이라는 표현을 썼던 기억이 났다. 그렇게 그동안 닫아두었던 힘과 능력을 하나씩 꺼내고 있는 중이다.

그런데 내가 이제 다시 세상 속으로 나아가면서 두 가지를 깊이 고민하게 되었다. 하나는 내게 순천부터 광주까지 인연자들을 연결해 주었던 채권자…, 그녀가 정말 여러 가지로 내게 깊은 감동을 주었다. 그래서 나도 이미 5년 수개월 전에 그걸 알았는지 부적을 유일하게 2장 써주었고, 하나는 현재의 본신 부적이고 또 하나는 하늘로 향하는 부적이었다.

사실 인간이 한 번의 생에서 그렇게 도약하기란 쉽지 않다. 그래서 당시에 이상하게도 오직 그녀에게만 부적을 2장 써준 것이었다. 내가 그동안 경제적 어려움이 누적되면서 올해는 더욱 심해졌는데 그녀는 부탁하는 나를 위해 집의 보증금도 빼고, 대출도 받아서 큰돈을 주저 없이 빌려주었다. 아마 그런 마음은 인간으로서 굉장히 어려운 일일 것이다. 나 때문에 그녀도 어렵게 사는 모습을 보니 마음이 몹시 아팠다.

그러면서 하늘은 천국을 너무 깊숙한 곳에 숨겨둬서 인간들이 쉬운 마음으로는 도저히 접근할 수 없도록 만들었다는 생각에 야속하기도 했다. 그러나 천국이란 인간의 모든 업을 다 털고 신의 경지에 오르는 것이기에 인간 마음으로는 갈 수 없는 곳이다. 하늘의 마음이 되어야 갈 수 있다. 그것이 '천심'이다. 그녀가 내게 보여준 마음이 그런 천심일 것이다.

하늘은 나를 일부러 어렵게 하고 그녀의 마음자리를 읽어 천국행 기회를 주었고 옆에 내가 함께할 지인까지 붙여두었으니 참 철저한 계산을 하고 있는 것이다. 깜찍하게도….

그러고 보니 우리 엄마도 비교적 서열은 낮지만 천국에 앉아있는 모습을 보았었다. 우리 아버지가 지옥에 계셔서 내가 모시고 나온 것과는 대조적으로…. 내가 초등학교 저학년 때니 우리 엄마 나이가 아마 29살이나 30살 정도였을 것이다. 내가 마당에 서 있는데 머리가 긴 젊은 여자가 엄마를 찾아왔었다.

나는 그 이유를 얼마 전 들었다. 그 여자가 아버지 아이를 임신해서 찾아왔는데 엄마가 같이 병원에 데려가서 수술을 시키고 지극 정성으로 간호하니 이런 분 처음 본다면서 그 이후로 아버지와 인연을 끊었단다. 그 젊은 나이에 쉽지 않은 마음자리인 셈이다. 그런 마음으로 사셨어도 천국에 가서 끝에서 두 번째 기죽은 듯이 앉아 계셨다. 그러고 보면 인간들이 천국에 간다는 게 얼마나 어려운 일인지… 알지 못한다.

내 블로그 프로필에 보면 글귀가 적혀 있다. 가진 것이 적더라도 누가 와서 원하거든 선뜻 내어주라…. 그래야 신들 곁으로 간다고…. 인간이 신이 되는 것이 천국 가는 것이다. 그러나 천국을 갈 수 있는 이들을 보면 참으로 인간의 마음이 아니다. 그야말로 천심, 하늘의 마음 자체이다.

내가 11월 1일부터 새롭게 사람들을 만나 보니 첫걸음이라서 그런지 하늘이 기운이 남다른 사람들만 준비해두었다. 최소한 마음공부를 하거나 전생에 무속인이었거나 천기를 읽는 신녀였거나, 하여간 그저 평범한 사람들은 아니었다.

그중에 한 분은 나를 만나기 3일 전부터 사무실을 청소하고 분 갈이까지 했단다. 정작 나는 그 화분을 보지도 못했는데, 그리고 나를 위해 직접 햇고춧가루로 순창식 고추장을 한 병 담아서 주었다. 아주 값진 선물이었다.

그래서인지 내가 미리 만나기로 한 사람들의 명단을 보면서 그녀에게 내면이 차 있는 사람이라는 표현을 썼었나 보다. 그러나 그중에 가장 인상적인 분은 60살이 훌쩍 넘으셨는데 이미 전생에서부터 공부의 그릇을 타고나셔서 마음이 어진 분이셨다. 그분은 만난 다음 날 문자를 보내오셨길래 전화를 드렸더니 귀한 분을 만나게 돼서 영광이라고 아침에 목욕탕에 앉아서 생각하니 꿈만 같다는 표현을 쓰셔서 내 마음에 울림이 컸다. 그것은 나의 영향이라기보다는 그분의 타고난 마음자리 덕분이다. 어떤 일이든 무슨 인연이든 소중히 생각하는 넉넉한 마음자리를 지닌 분이라서. 그 이후에도 꿈만 같다는 그 표현이 내 가슴속에 깊이 자리를 잡게 되었다.

그러고 보니 이번에 여러 분을 만났는데 우시는 분들이 많아서 내게도 많은 생각을 하게 된 시간들이었다. 11월 1일 시작하기 전 꿈에 관광버스 한 차에 신들이 가득 앉아서 함께 길을 나섰으니 앞으로 어떤 인연들을 만나게 될지 궁금하다.

그 관광버스 조수석에 임영웅이 나를 위해 노래를 여러 곡 불러주었다. 그다지 나의 취향은 아니지만 그 녀석이 우리 반 실장이었다는 생각을 했던 걸 보면 아마도 하늘에서 조금은 특별한 인연이 아니었을까…? 나도 마음자리를 가다듬으며 다시 길을 나선다….

人 止

2023년 11월 14일

자다가 잠시 깼는지 어쨌는지…. 가끔 꿈과 생시의 묘한 경계가 있다. 그런데 현재의 내 모습이 아닌 하늘에 있었을 때의 모습인지…. 아이 같았는데 굉장히 똑똑하고 야무진 느낌이 들었다. 오른손을 들더니 손가락으로 허공에 한자를 썼다. 그때 내 왼쪽 손바닥이 실제로 꿈틀거리는 걸 역시나 느낄 수 있었다. 그래서 꿈과 생시가 동시에 일어나는 경계인 것이다. 입으로 그칠 지를 말하면서 한자를 썼는데 그칠 지 위에 사람 인이 있더라.

아침에 곰곰이 생각하니 사람으로서의 삶을 그친다. 그 느낌이 또렷하다. 이제 인간으로서의 삶을 곧 그칠 때가 되었음을 느낀다. 참으로 길고도 고단한 시간들이었다.

하늘에서는 인간들에게 하늘의 순리대로 살라고 하였는데 인간들은 저마다 자본주의 옷을 입고 그렇게 살아간다. 하늘의 순리대로 살아가는 인간 한 명 만나기가 하늘의 별 따기였다.

인간들은 그 대가를 앞으로 치러야 함을 알까?

그것을 가르쳐 주어야 하지만 마음과 귀를 닫고 있는 바람에….

매 순간 기도하라

　　　　　한순간을 놓치지 말고 소명을 다할 수 있는 삶을 살기를 바란다.

　마음을 비워라. 생각을 내려놓고 오롯이 영혼이 투명해질 때까지 맑음으로 채워라.

　그러나 사람들은 기도를 몹시 어려워한다. 그럴 때는 하루를 시작하는 시간에 잠시 신의 축복과도 같은 오늘을 어떻게 살지를 그려보고 환하게 미소 지어라. 그러면 맑은 기운이 당신을 감쌀 것이다. 그 기운이 자신과 세상을 맑게 만들 것이다.

　그리고 하루를 마무리하는 시간에는 하루 동안 내가 지나온 걸음이 어떠했는지를 돌아보고 깊이 참회하며 명상을 통해 영혼을 정화 시키는 훈련을 해보라. 그 순간 그 무엇도 그 누구도 침범하지 않도록 오로지 자신만 생각해야 한다. 그것이 어려우면 화두를 정해서 그것에 대해 깊이 있게 생각하고 들여다보는 것도 편안한 마무리에 좋을 것이다.

　그리고 자신의 마음을 내려놓을 수 있는 일기와 같은 명상 일지를 쓰는 것도 영적 성장에 무척 도움이 된다. 그 글은 훗날 자신의 삶을 돌아볼 수 있는 가치 담긴 도구가 될 것이다. 나는 지금 모든 사람들이 매 순간 기도하는 마음으로 깨어있기를 바란다.

하늘의 가르침 편

　　　　문이당, 귀로 들어주는 집이다. 항상 열린 귀로 중생
들의 삶을 들어주는 곳. 30대에 계룡산에 도 닦으러 다닐 때 꾸었
던 선몽을 통해 받았다. 세월이 흘러 지금에서야 그 소명을 다하고
자 한다.

　이렇게 시작하였으나 6년이 지난 지금에 와서는 그것이 무척 어
렵다. 사람들을 보면 본성과 내면을 그대로 읽기 때문에 그저 입
을 통해 나오는 소리가 아니라 그것을 내는 마음과 모든 것이 헤
아려져서 듣는 일이 너무 힘들다.

　들으면서 모든 것이 절로 읽혀진다는 것은 심히 고단한 일인 것
이다. 그래서 하늘은 내게 그 어려운 일을 과제로 부여하였나 보
다. 그러나 내가 인간의 모든 것을 들여다본다는 것은 곧 하늘이
인간의 모든 실체를 꿰뚫고 있다는 것이다. 그래서 하늘 아래 모
든 인간들의 마음과 행위는 감추어지지 않음을 알아야 한다. 스
치는 듯 지나가는 마음 한 자락도 예외가 아니다. 그러니 인간들
은 하늘 앞에서 언제나 진실해야 한다.

천 심

　　　하늘의 마음이 곧 인간의 마음이니 하늘의 마음으로
인간을 대하리라. 하늘의 마음과 인간의 마음이 다르지 않아야 하
거늘 지금은 하늘과 인간이 별개의 세상처럼 존재한다. 인간이 천
성을 회복할 때 자신의 마음 안에 하늘이 담겨 있음을 깨닫게 될
것이다.

기 도

　　　　내 마음과 생각과 하늘의 뜻이 하나로 돌아갈 수 있
도록 항상 마음과 생각을 바르게 가져 세상의 이치를 흩트리지 않
고 사람들의 삶과 운명의 질서를 무너트리지 않으면서도 영혼의
진화를 위한 희망과 용기를 줄 수 있도록 하늘의 소리에 온 진심을
모은다.

　나는 그렇게 기도를 한다. 그 무엇에게 그 누구에게도 기대지 않
고 오직 나 자신의 마음을 들여다보는 기도를…. 그것이 참된 기
도이다.

나는

나는 하늘에서 온 사자이다.
인간들에게 하늘의 마음으로 살아서
하늘 세계로 오라는 뜻을 전달하는 것이
내 이번 생의 소명이다.

내 기도의 서원

지금까지 지은 모든 죄와 업을 참회하고
악심을 조복 받으며 심중 소망 일체를 이루며
지혜롭고 아름답게 살며 나와 인연 닿는 모든 이들의
마음에 평화와 기쁨과 행복을 주는 삶을 살겠습니다.
여러분들의 기도 서원은 무엇인가요?

내 삶의 소명

마음을 바로잡아 하늘과 맞닿으니
내가 세상에 온 소명을 깨달아
만중생의 어머니로 그들과 겸하여 이르노니,
그렇게 공부를 하다 보니 어느 날 소명을 받았다.
"인류를 지구의 핵으로 옮겨라."
어렵지만 나는 반드시 해낼 것이다. 그걸 위해 세상에 왔으니.

누구나 깨달은 부처가 되고 싶다면

부처 마음! 부처행!

나의 딜레마

　　세상과 소통하지 않으면 세상을 다 이해하기 어렵다. 그래서 온갖 경험을 통해 배운다. 하지만 힘들고 아프고 서러운 이들에게 그 경험이 꼭 필요하다고 얘기하며 그들의 운명의 틀을 철저히 일러주는 게 과연 좋을까? 어쩌면 따뜻한 위로가 먼저 필요하지 않을까?

　　좀 더 유연하게 훨씬 따뜻하게 하늘은 나에게 무엇을 바랄까?

만 남

　　사람들을 만나서 그들의 삶에 대해 이야기할 때는 먼저 편안한 마음과 따뜻한 표정으로 충분히 들어주라. 그리고 신중하게 삶의 이치를 말해주어야 한다. 그 어려움의 원인이 무엇에서 비롯되었는지와 해결 방법이 몸과 마음 안에 담겨 있으니 찾아내라고. 그래서 그들이 가장 행복한 길을 걸어갈 수 있도록….

問心堂

聞耳堂에서 聞心堂으로…. 마음을 헤아려 해결해주는 원력을 발원한다. 그렇게 기도하다 보니 지금은 세상 모든 사람들과 모든 것들을 마음으로 읽고 느낀다.

사후 대책

사람들을 보면 참으로 안타깝다. 노후 대책은 걱정하면서 왜 사후 대책은 하지 않는 걸까? 그게 더 중요하고 절실한데. 세상에 온 소명을 다하고 영혼이 돌아갈 곳에 대해 준비하는 삶이 필요하다.

상담 발원

세상사 모든 일은 인연법의 이치대로 돌아가는 법.
만중생들의 근기가 저마다 다르고
이번 생에 각자 닦아야 하는 업이 다양하기에
적절히 때가 되기를 기다려본다.
공부와 구도의 길이 목전에 있는 인연이 찾아와
그들의 영혼을 성장시켜 하늘로 다가갈 수 있기를 발원한다.

신

신은 언제나 제자리에 계신다.
나만 왔다 갔다 한다.

신에게 부적 허락을 받은 후 펜 꿈을 꾸다

어제 자기 전 부적을 써드린다는 글을 블로그에 올리고 나서 밤에 펜 꿈을 꾸었다. 큰 뽑기 종이 같은 것에 다양한 펜이 세트로 비닐에 포장되어 많이 달려 있었는데 그걸 가방에 몽땅 뜯어 넣었다. 너무 욕심스러웠던 게 마음에 걸린다. 나중에 보니 가방에 두툼하니 가득하게 차 있었다.

다양한 펜은 다양한 부적을 뜻하고 펜이라는 건 부적을 쓰는 도구를 의미한다. 나중에 가방에 가득 찬 펜으로 사람들에게 부적을 써주겠지. 그 부적이 중생들의 아픔을 덜어주고 눈물을 닦아주고 고통을 줄여주는 방편이 되리라. 다시 한번 신에게 감사드린다. 중생들을 굽어살피시는 마음에….

오직 나

삶의 어려움에 처했을 때 누군가, 무엇이, 어떤 힘이 나를 도와줄 것이라 기대하지 마라. 나를 도울 수 있는 건 오로지 자신밖에 없다. 모든 것은 나에게서 나에게로.

초심 수행

초심을 잃지 말고 오로지 내 진심만 갖고 가라. 순간 순간 비집고 들어오는 온갖 어리석음은 내 본 마음이 아닌 것을. 끝도 없는 자비심, 그것이 유일한 내 진심이라.

하늘에서 내게 이르기를

　　함께하는 신의 공력은 절대 인간의 됨됨이를 넘지 못한다. 이 길을 가는 데 있어서 가장 중요한 가르침은 됨됨이니라.

하늘의 마음

　　하늘의 마음을 깨닫고 보니 신의 벌이란 없다. 다만 천벌이란 자업자득의 이치일 뿐이다. 신은 인간을 하해와 같이 사랑한다. 고통은 벌이 아니라 인간에게 깨달음을 주기 위한 방편일 뿐이고, 인간 스스로 선택한 업보이다.

　　신은 끊임없는 사랑으로 인간의 고통을 덜어주고자 하는 거룩한 존재이시다. 무릇 신의 마음과 인간의 마음은 다르지 아니하다. 인간이 천심으로 살면 하늘의 뜻을 알게 되고 그에 도달한다.

좋은 일이 생기려면

항상 즐거운 마음으로 생활해야 좋은 일이 많이 생긴다.

그렇다.

마음이 즐거우면 좋은 기운을

모으는 힘을 키울 수 있어서 그런 거다.

옳거니.

무념무상

세상사 억지로 되는 게 없더라.

그냥 순리에 맞춰서 살면 되는 것을.

틀림없이 내가 전생에 만들어놓은 몫이거늘 아등바등할 것 없다.

그저 그 이치만 멀리서 관조하면 될 것을.

악의 산물

코인, 마약, 게임, 종교 이런 건 악의 산물이다. 누군가는 고의적으로, 또 누군가는 무지한 탓이겠지만 결국 모든 건 하늘의 도리가 아니다.

참 회

나의 마음과 말과 행동을 다시 돌아보며 혹시라도 흐트러지거나 잘못된 점을 깊이 참회한다. 나에게 일어나는 모든 일의 원인은 나에게 있는 법. 그 누구도, 그 무엇도 탓할 필요가 없다. 결국 내 안에서 시작해서 내 안으로 돌아오는 것이니….

신에게 다가가려면

　　신에게 다가가려면 깨끗하고 진실된 마음과 자신에게 가장 귀한 가치가 있는 것을 들고 가야 한다. 그렇지 않다면 그대는 결코 신에게 다가가지 못할 것이다.

하늘에서 이르노니

　　　　앞으로는 세상의 변화 속도가 아주 빨라질 것이다. 그래서 세세생생 지은 악업이 있거든 빨리 갚아야 할 것이다. 전생의 업과 관련된 인연자들은 대부분 지금 자신의 주위에 있다. 그러니 가족부터 시작해서 주변의 사람들에게 성심을 다해 잘해야 한다.

　앞으로의 세상은 지금과는 다르게 펼쳐진다. 마음이 착하고 바르고 따뜻한 사람들이 복을 받게 된다. 하늘에서 복의 문을 활짝 열어두었으니 그 기운을 받을 수 있도록 애써야 한다. 많이 가졌다고 못 가진 사람 업신여기면 안 될 것이고 많이 배웠다고 못 배운 사람 무시해서도 안 된다.

　도를 닦는 인연자들은 참나를 찾기 위해 몰두한다. 참나는 다름이 아니다. 어떤 일을 행할 때 나오는 진심, 그게 진짜 마음이고 그 마음을 내는 주체가 바로 참나인 것이다. 그러니 항상 진심인 사람은 참나를 찾은 사람이고, 참나와 자신이 하나를 이룬 사람이다. 앉아서 명상을 하며 가부좌만 튼다고 얻어지는 게 아니다.

　지금까지는 악신들이 많아서 그 마음과 일치되는 사람들이 잘 살기도 했다. 하지만 앞으로는 아니다. 세상에 천심(天心)으로 사는 사람들이 많아져서 악신들은 절로 소멸된다.

　교회도, 절도 의미가 없다. 더이상은 종교적 갈등으로 무리 지어

배타하고 싸우는 일이 있어서 는 안 된다. 모든 종교는 엉터리고 하늘의 뜻이 아니다. 어디 가고 오고 할 것 없이 자기가 앉은 자리, 선 자리가 바로 하늘과 맞닿은 곳이니 그곳에서 하늘을 찾고 신을 노래하며 천심(天心)으로 살면 되는 것이다.

하늘은 존재의 진심을 들여다보니 행여 내게 나쁜 일이 생기면 내 마음자리에 무슨 문제가 있는지를 먼저 살펴보고 그것을 바로 잡아 지혜를 구하면 답을 얻을 것이요. 좋은 일이 생기면 하늘의 축복이니 더 분발해서 선업을 지으면 된다.

새로워지는 세상에 모든 악업이 자동 소멸되면 얼마나 좋겠나? 하지만 모든 업은 자신이 짓고 자신이 받는 것이 우주의 이치이고 만고불변의 진리이다. 한시라도 빨리 자신이 지은 업을 닦고 변화하는 우주의 좋은 기운을 받을 수 있도록 최선을 다해야 한다.

어렵다

　　　　　세상 모든 존재를 사랑한다는 것은 아무리 생각해도 어렵다. 자신 없다. 인간성 제로인 사람이 도지사를 했다니 세상에 나쁜 사람, 이상한 사람 너무 많은데⋯. 무리한 걸 말씀하시니 피곤해서 누웠다가 눈이 번쩍 뜨인다. 과연 하느님은 모든 존재를 다 사랑하실까? 궁금하다.

　예전에 내가 썼던 글을 다시 읽어보았다. 그때는 내 그릇이 부족해서 세상 모든 존재를 사랑하기 어려운 줄 알았다. 그러나 모든 공부를 마친 지금에서는 결코 사랑할 수 없다는 생각을 한다.

　대한민국에는 35%의 악의 종자들이 있다. 이들은 마음 안에 악의 씨앗이 있어서 하늘에서는 이들을 뱀, 지네, 전갈, 해충으로 보고 계신다. 과연 누가 집에 기어 다니는 바퀴벌레를 사랑할 수 있을까? 그건 때려죽여야 하지 않나? 그들은 세상의 질서를 어지럽히고 인간들을 괴롭히는 존재들이기에 결코 사랑의 대상이 아니다. 그러나 진심으로 참회하면 반드시 용서하고 품어주리라.

108배 참회 기도

       항상 신의 마음을 내어야 하나 발을 딛고 서 있는 곳이 중생 숲이라 가끔은 아직 다 털어내지 못한 중생심이 비집고 튀어나오는 경우가 있다. 그럴 때마다 나를 바로 세우는 데 가장 좋은 108배 참회 기도를 한다.

  나는 염주를 사용하지 않고 1배 참회합니다. 오늘 기도가 부족했음을 참회합니다. 2배 참회합니다. 오늘 엄마에게 화나는 마음이 일어난 것을 참회합니다. 이렇게 108배를 채운다. 날마다 해도 108가지의 잘못을 금방 채운다. 어찌 그리 매일 참회해도 부족함이 많은지를 다시 참회하며 108배 절을 하면 마음이 맑아지는 것을 느낀다.

  항상 나의 과거와 현재를 돌아봐야 앞으로 나아갈 수 있다. 참회 기도를 하며 내 몸을 낮추면 아상도 낮아지고 내 그릇이 더 넓어져서 많은 것들을 담아낼 수 있다. 참회 기도를 먼저 하고 나면 명상 기도가 수월해지고 마음이 개운해져서 고마운 일이다. 그렇게 수년간 하다 보니 어느새 참회 기도가 힘들어서 잘못을 안 하게 되고 잘못을 안 하니 참회 기도를 할 게 없어지더라.

운 명

생각은 업을 낳고 행동은 업을 키운다. 고로 생각과 행동이 내 운명의 업을 결정한다. 그러니 생각과 행동을 바로 하지 않으면 선업을 쌓기도 어렵고 악업을 소멸하기는 더욱 힘들다.

진심과 욕심

우리가 어떤 일을 하고자 할 때 그 일이 남을 위한 일이라면 그건 진심이다. 하지만 나를 위한 일이라면 그건 욕심이다. 이건 나부터도 항상 경계해야 할 일이고 세상 모든 이들이 지녀야 할 기본 도리 중 하나이다.

큰 뜻을 품은 도인도 선거에 출마한 후보자들도 학생들을 가르치는 교사도 부동산을 거래하는 중개업자도 교회 목사들도 콩나물 국밥을 파는 아저씨도 모든 사람들이 진심으로 일하고 있는지 자신을 돌아보면 어떨까?

절망의 순간에

       우리는 절망의 순간에 무엇을 느끼고 배우게 될까? 절망의 끝에서 만나는 나 겸허히 나를 들여다보고 깊은 상처에 허덕이는 나를 안아본다. 아프다. 아프다. 너무 아프다. 괜찮다. 괜찮다. 너는 괜찮다.

  돌아보면 지난 시간은 하늘이 나에게 낸 상처를 스스로 치유하면서 인간들의 상처를 사랑으로 감싸는 방법을 일깨워 준 날들이었다.

살다 보면

　　살다 보면 세상에 어떻게 저럴 수 있냐고 남에게 던졌던 모든 것들이 다 내게 일어나더라. 그래서 나는 그 일들을 겪을 때마다 가슴 아픈 경험들을 했고 그것으로 인해 타인을 이해하는 폭이 넓어지게 되더라.

　　덕분에 남과 내가 다르지 않다는 것을 깨닫게 되었음을 고마워한다. 나의 모든 어려움에….

자신이 아플 때는

아플 때는 위로하라. 자신을 위로하라. 괜찮다. 괜찮다고 오른손으로 왼쪽 가슴 위를 토닥토닥 두드리며 다른 생각은 말고 그저 위로하고 또 위로하라. 그러면 치유되고 앞으로 나아가리니.

위 로

힘들고 어려운 이에게는 위로가 필요하다. 조언이 아니라 마음을 타고 들어가 상처를 녹일 수 있는 따뜻한 위로가.

작은 선행부터

우리가 길을 걷다가도 이쁜 표정으로 환하게 웃는 사람을 보면 절로 기분이 좋아지는 것은 그 사람의 밝은 기운이 내게 영향을 끼쳐서이다. 이렇듯 세상 모든 존재들은 각자 서로의 기운을 세상에 뿜어내며 서로에게 영향을 주고 있다.

그러니 자신의 밝은 표정 하나부터 세상에 공덕을 짓는 셈이다. 그런 이치를 헤아리지 않고 험악하고 거친 표정으로 길거리를 활보하면서 선업을 운운하는 것은 어불성설이다.

다들 온몸 한가득 미소를 지으면서 세상을 바라보는 작은 선행부터 시작했으면 하고 발원한다. 그러면 그것이 큰 선행으로 이어지고 결국 이런 변화들이 자기 본신의 품격을 높이고 공부가 되며 자신의 삶과 운명을 변화시킨다고 장담한다.

수행하는 삶

생각은 있되 망상만 가득하고 내 그릇의 크기가 안돼서 그런 것을 안은 들여다보지 못하고 밖만 탓하고 있구나. 어느 순간인들 수행 아닌 때가 없거늘 마음 자리를 바로 잡아 일심으로 수행하는 삶을 살아야 한다.

천국에 가고 싶다면

성경 말씀에 부자가 천국 가기는 낙타가 바늘구멍에 들어가기보다 어렵다고 한다. 구구절절 맞는 말이다. 돈에 대한 탐심, 집착을 버리지 않고는 천국에 갈 수가 없다. 하느님은 욕심을 버리고 하늘로 돌아오라고 하시는데 사람들은 전부 무겁게 짊어지고 추락하고 있으니 어떻게 해야 하나? 버릴수록 몸은 가벼워지고 마음은 천국에 가까워지는데….

하늘은 있다

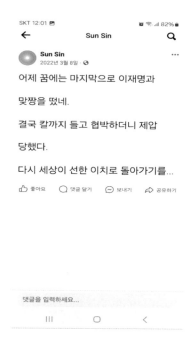

　내가 2022년 3월 8일에 썼던 페북 글이다. 이미 전날 싸움에 이겼기에 온갖 사전 공작과 여론 조작, 부정 선거에도 윤석열 대통령이 당선될 수 있었던 것이다. 그것은 하늘이 있다는 증거이다.

　앞으로는 하늘이 인간들에게 모습을 드러낼 것이다. 이는 다른 의미가 아니다. 그저 인간들이 하늘의 순리대로 살기를 바라는 마음에서이다.

글을 맺으며

얼마 전 이봉규 TV 유튜브 방송에서 민경욱 국투본 대표의 말씀을 들으니 마치 나의 이야기 같았다. 부정선거 투쟁이 4년씩 걸릴 줄 알았으면 시작하지도 못했을 거라고…. 그동안 흘린 눈물과 땀, 고단함이 얼마였겠나? 나 또한 그러했다. 그 미약한 시작이 이렇게 창대하리라고는 전혀 생각하지 못했었다.

그저 어려운 이들에게 작은 도움이 되고 싶었던 소박한 마음이 결국 온 인류를 구해야 하는 일을 하게 되리라고는 미처 예측하지 못했다. 하지만 이 길을 걷게 되면서 나의 존재에 대해 깨닫고 확신을 갖게 되기까지 참으로 오랜 시간이 걸렸다.

그 과정은 눈물 없이는 불가능한 시간이었다. 나의 힘들었던 날들이 마침내는 세상을 이롭게 하는 열매를 만들 거라는 믿음으로 그동안 인내해왔다. 이제 2024년부터는 세상 사람들에게 하늘이 모습을 드러낼 때가 되었기에 이 글을 통해 조금 밝혀 두었다.

이 책은 그동안의 블로그 글이 바탕이 되었기에 여러 사람들의 실명이 그대로 공개되었다. 그런 부분을 완곡하게 표현하거나 이름이나 내용을 은유적으로 묘사하지도 않은 것은 곧 세상 사람들이 그들이 하늘로부터 벌을 받게 되는 것을 전부 지켜보게 될 것이기 때문에 구태여 숨기지 않았다. 앞으로 모두 청산해야 할 일이다.

그리고 역사적 사실에 대해서도 마찬가지다. 내가 어느 날 꿈에 사거리 대로 한가운데서 하늘에 별빛이 반짝이면서 마치 폭죽이 터지듯 환호하는 광경을 보았는데 그때 내가 주위의 많은 사람들에게 했던 말은 "봐라! 내 말이 맞지."였다.

그래서 나는 굉장히 좋은 일이 있을 줄 알았는데 그 폭죽 터지는 소리는 다름 아닌 광주에서 아파트가 붕괴되는 소리였던 것이다. 그게 2022년 1월 11일의 일이었다.

그래서 세상 일이 인간들의 생각과 판단만으로 이루어지는 것은 아니라는 것을 말하고자 한다. 그날 빛이 필요한 광주에서 일어난 일이 무엇을 의미하는 것일까? 아마도 시간이 지나서 올바른 역사관의 재정립이 이루어지고 나면 그때는 사람들이 깨닫게 되지 않을까?

그러니 역사적인 사실에 대한 언급도 논쟁할 필요가 없다. 언젠가 잘못된 역사적 사실들이 진실로 거듭 탈바꿈할 때가 올 것이니 논쟁은 그때를 위해 미루어두기를 바란다. 나는 단지 하늘 아래, 신 앞에 진실만 썼을 뿐이다. 그러니 책의 그런 부분에 대해 왈가왈부할 필요 없다.

나는 인간들에게 책을 펴내기 전에 이미 하늘에서 검증을 받았다. 그러니 시간이 지나면 모든 진실이 드러날 것이니 그저 때를 기다리면 된다.

현재 나의 가장 큰 소명은 악과의 전쟁에서 승리하는 것이다. 그래서 악의 세력들에 대해 주저 없이 밝힌 것이다. 그리고 이것을 2024년 마무리 지으면 이후에는 세상의 모든 엉터리들을 바로잡는 일을 할 것이다.

그래서 이 책은 끝을 맺지만 나는 이제 진짜 시작이다. 하늘이 부여한 나의 소명 '인류를 지구의 핵으로 보내기 위한 긴 장정'을 열어가면서 앞으로도 세상 사람들에게 메시지를 보낼 것이다.

하지만 아무리 많은 가르침을 준다고 해도 하늘이 인간들에게 바라는 것은 오직 순천이다. 인간 세상의 이치가 아닌 인간들이 원래 온 곳인 하늘의 이치대로 인간들이 살기를 바라는 마음, 그것을 위한 메시지일 것이다.

순천은 모든 인간들이 마음속에 담고 이미 알고 있으나 망각한 채 살아가고 있는 태생적 목적이기에 그것을 기억하기를 바라면서 글을 마무리 짓는다.

2024년 1월 문이당 올림